Erfolg zu haben, war ihre Art zu leben

AF139724

Meinungsseite

„Die Erinnerung
ist das einzige Paradies,
aus dem wir nicht
vertrieben werden können."

Jean Paul (1763-1825).

„Die Erinnerungen
verschönen das Leben,
aber das Vergessen allein
macht es erträglich."

Honoré de Balzac (1799-1850).

Vergessene Erinnerungen?
Wird es Erinnerungsprothesen,
Erinnerungsimplantate
geben – auf Krankenschein?

Unbekannt (anno 2015)

Hans Engelkamp

Erfolg zu haben, war ihre Art zu leben

Eva und ihr Komplize im Abenteuer Demenz

Roman

Bibliografische Information der Deutschen Nationalbibliothek:
Die Deutsche Nationalbibliothek verzeichnet diese Publikation in der Deutschen Nationalbibliografie; detaillierte bibliografische Daten sind im Internet über http://dnb.dnb.de abrufbar.

© 2016 Hans Engelkamp
Umschlaggestaltung: Timm Engelkamp
Herstellung und Verlag:
BoD – Books on Demand, Norderstedt
ISBN 978-3-7347-4913-1

Bitte des Autors an Freunde und Verwandte:

Ihr Lieben —
Wie ich euch kenne, werdet ihr zu entdecken versuchen, wo in die-
sem Buch autobiografische Bezüge stecken. Aha, werdet ihr finden,
da hat er ja wohl diese Person gemeint. Oder jene Situation. Oder
jenen Ort. Meine Bitte nun: Versucht es erst gar nicht. Ich gebe ja
zu: Alles könnte geschehen sein. Aber wenn überhaupt, dann an-
ders und anderswo. Und unter anderen Namen. Keine Handlung,
keinen Ort, keine Person, keinen Dialog hat es so wie hier geschil-
dert gegeben.

Danke übrigens, dass ihr das Buch gekauft habt.

Warten

Jedenfalls hätte der Mann, sein Name ist Kenneth Bauer, am 1. September 2010 wissen können, dass sein Leben beendet ist. Nicht wirklich, hier würde eher die Floskel zutreffen *ein lebendiger Toter*. Der Mann wird hinüberwechseln: vom normalen Lebenden zum normalen Sterblichen. Sein Leben, das ihm bislang aktiv und der Zukunft zugewendet vorkam, wird sich feige in die Gegenwart einordnen.

Für die Frau, Gefährtin durch sein Leben, wird es elender kommen. Der Trost der Alternden, in der Vergangenheit einen Sinn zu finden, das Leben anekdotenhaft in „Weißt-du-noch"-Geschichten fortzusetzen, wird ihr verwehrt bleiben. Einstweilen geblieben sind 168 Zentimeter Charme, Grazie, Widersprüchlichkeit, ergänzt um verhalten lächelndes Alter. Eine ältere Schwester der Audrey Hepburn von 1960 – so kann diese Frau äußerlich beschrieben werden.

An diesem Morgen, ein Arztbesuch ist geplant, glaubt der Mann noch fest daran, es ginge nicht um ihn, heute wäre seiner Partnerin zu helfen. Er hält sich lediglich für den Begleiter der Frau. Den Betreuer. Beistand. Ihre

Handtasche tragen, Händchen halten, Sätze daherreden, heute spricht er etwas lauter, Pfeifen im Wald, so Sachen eben. Wie soll der Mann wissen, dass *er* es ist, der Hilfe brauchen wird? Ohne Grund erwartungsvoll, gehen sie: Ein Paar ohne Ehe geht wie eine Ehe zum Arzt. Im Kiez heißen sie *die Bauers*. Hätten sie übrigens geheiratet, zur Goldenen Hochzeit wäre es nicht mehr weit.

Aufgesetzte Heiterkeit begleitet sie. Lachen, das nicht lustig klingt. Vorhin hat die Frau alle Teller aus der Spülmaschine in den Kühlschrank geräumt. Vermutlich das Alter. Daran kann medizinische Wissenschaft zwar wenig bessern. Aber man ist ja krankenversichert.

Lange, hoffentlich nicht zu lange haben sie diesen Gang hinausgezögert. Immer häufiger gibt es Anzeichen. Symptome. Die Frau ist innerhalb weniger Jahre zum Gegenteil ihrer selbst gereift, zur Widerlegung all dessen, was sie ihr Leben lang war: Zupackend nämlich, rührig, zäh, belastbar, auf Deutsch *tough*. Bevor andere ein Problem erkannten, war sie dabei, es zu lösen. Himmelschreiende Situationen – ihr Fach. Seit ein paar Jahren jedoch, Schritt für Schrittchen, verabschieden sich diese Fähigkeiten samt den Erinnerungen daran. Ausgerechnet am Lämmlingspark geschieht es, wo sie täglich, kuschelig bei Regen unter dem Schirm, spazieren gehen. Die Frau, an jenem Tag allein unterwegs, weiß plötzlich nicht mehr wohin. Drei Straßen, die auf den Park zielen, bieten sich an. Das verwirrt sie. Zum Glück beobachtet jemand die Orientierungslosigkeit. Ein Herr, glatt rasiert, honoriges Alter, Pelzkragen, nimmt sich Zeit für Hilfsbereitschaft. In ihrer Handtasche („Erlauben Sie…?") findet er den Ausweis, liest die Adresse, erklärt der Frau den Weg dorthin. Ein guter Mensch eben. Sie küsst, nicht mehr als ein dankbarer Hauch, flüchtig seine Hand. 120 Euro aus der Handtasche waren dann eben weg.

Herr Bauer ging mit der Frau zur Polizei, dort empfahl man, mit ihr zum Arzt zu gehen.

Warterei, das Übliche. Wissen die Ärzte eigentlich, wie sehr ihr Beruf entzaubert ist? Dass über diesen Beruf wie über einen Beruf, einen Job geredet wird? Geldverdienen, mehr Geld verdienen, Streik? Der Arzt, den die Bauers aufsuchen, wird im Internet von Patienten (überzeugten oder wohlmeinenden) empfohlen. Er praktiziert am anderen Ende der Stadt. Zu Fuß unerreichbar. Also fährt man mit dem Bus. Seit sie das Auto angeschafft haben, leben die Bauers wie im Gefängnis. Man könnte losfahren, nach überall. Aber was, wenn man heimkommt und alle Parkplätze in der Gegend sind besetzt?

Der Bus hält vor einer Apotheke. Nebenan die Arztpraxis. Hochparterre. Noch bevor richtig im Wartezimmer gewartet werden darf, müssen die Bauers warten.

„Ihr Name?" Daten sind aufzunehmen.

„Bauer", sagt der Mann. „Wir sind angemeldet."

„Das ist hier jeder." Die Sprechstundenhilfe hatte morgens Streit mit ihrem Freund, wegen der korrekten Dauer des Kochens eines Frühstückseis. Außerdem hat sie Patientenblut auf ihrer Bluse verspritzt, statt auf den weißen Kittel, dessen Reinigung von der Arztpraxis bezahlt wird. Nun erlaubt sie sich, etwas patzig zu sein.

Dann *richtiges* Warten. Im Wartezimmer. Die Frau findet die Stühle unbequem. „Wo sind wir?" fragt sie. „Was machen wir hier?" Wieder so ein Symptom. Der Mann hatte, so genau wie ihm und ihr zuträglich, den Grund dieses Arztbesuches erläutert. Für die Katz. Die Frau wird ungeduldig. „Wir gehen", sie erhebt sich. Mit Mühe kann der Mann sie überreden zu bleiben. „Wenn wir schon mal hier sind…" Neben der Vergesslichkeit ist es die Unrast der Frau, derentwegen die Bauers heute ihre Krankenversicherung in Anspruch nehmen.

Warten im Sprechzimmer III. Beim Händewaschen fragt der Arzt, um wen es geht. Tonart *Na, das werden wir schon hinkriegen.* Er lässt sich hinter ein paar Quadratmetern Schreibtisch nieder, die Menschenliebe der Gesundheitsindustrie will angemessen gemanagt sein. Die Frau schrumpft zur Patientin, sieht ihren Begleiter hilflos an.

„Aha", sagt der Arzt und beginnt sogleich mit der Behandlung. „Wie nennen Sie Ihren Mann?"

„Adam."

Da er Kenneth heißt, hätte *Ken* nahegelegen. Der Mann lächelt um Verständnis. „Sie heißt nämlich Eva."

Vor der Höhe

„ADAM!!!" Drei Ausrufezeichen. „DU BUMMELST SCHON WIEDER, ADAM." In dieser Weise sind wir uns näher und dann nahe gekommen. 1967, eine Reise nach Bad Homburg vor der Höhe.

Wir hatten uns auf *Du* geeinigt. Du Adam, 22, Student. Du Eva, 29, Projektleiterin in einem damals so genannten Konzertbüro. Adam und Eva. Werden wir von den Früchten des Baums der Erkenntnis essen? Anders gefragt: Warum fährt jemand mit einer älteren Frau nach Bad Homburg vor der Höhe?

Drei Jahre nach dem Abitur hatte ich genutzt, um diverse Lebensweisen auszuprobieren. Erst kürzlich kam der Entschluss zu einem Studium, Publizistik und Literaturgeschichte. Um dennoch essen und bezahlen zu können, nahm ich Jobs an. Außerdem, um mich auf das angepeilte Leben als Autor fit zu machen, schrieb ich, was angesehene Schriftsteller erst gegen Ende ihres Lebens schreiben: Romanfragmente. Ich hatte Geschmack daran gefunden, Zeiten, Orte und Personen meines Alltags literarisch zu verfremden – mit einer Schwäche für griechische Antike. Zeus ließ ich auftreten. Wahlweise auch die übrigen Götter, am liebsten Göttinnen. Mich selber sah ich in der Rolle des Odysseus. Ich war ja erst zweiundzwanzig.

Ein ‚Konzert*büro*‘, heute gern zur *Agentur* latinisiert, hatte mich zum Vorstellungsgespräch bestellt. City Tower, 17. Etage – in Gedanken formulierte ich schon mal *Olymp*. Die passende Göttin traf ich im Fahrstuhl, ahnungslos, dass sie bald meine Chefin sein würde. Die Fahrstuhlgöttin war schlank wie Audrey Hepburn als sie das ‚Frühstück bei Tiffany‘ drehte. Eng anliegendes Kostümchen, Stockschirm, den sie trug, als sei er ihr Selbstbewusstsein.

Im 17. Stock dann die Überraschung. Meine Fahrstuhlgöttin Audrey, zehn Schritte vor mir, schloss die Tür genau des Büros auf, in dem ich mich melden sollte.

„Ach… Sie?“

Ein Regal für das blauweiße Kaffeegeschirr, drei Sessel um den flachen runden Tisch, ein Stehpult. „Ich bin nur selten hier“, beschönigte sie die Armseligkeit. Eben käme sie aus Rio, morgen Mailand.

„Kenneth Bauer“, antwortete ich unklar.

„Bauer? Da brauchen wir ja nicht zu heiraten. Ich heiße ebenfalls Bauer, Eva Bauer.“ Entwaffnende Eva.

Ich, aufgehender Schriftsteller, hätte mir sofort eine geistreiche Replik einfallen lassen müssen. Aber mir fiel nur ein, der Dame die Hand zu geben.

„Sie haben einen Führerschein?“ fragte sie. „Seit wann? Ich bin neunundzwanzig, wie alt sind Sie?“

„Zweiundzwanzig", sagte ich. Vielleicht etwas ent-täuscht, dass die Audrey bloß Eva hieß und nun auch noch alt war. Eine halbe Stunde später hatte ich den Job.

Seinerzeit, 1967, gab es noch keinen Intercity Express, und chic war es sowieso nicht, per Bahn zu reisen.

Wir fuhren im Auto.

Der Dienstwagen des Konzertbüros war 120 Stun-denkilometer schnell, ein VW Käfer, himmelbläulich, Luxusversion, das Schiebedach aus Stoff.

Das Thema *Fahr nicht so verdammt langsam* begleitete uns kilometerweit. Vertiefende Gesprächsstoffe nach-her: Evas Freund, den sie ihr Pferd nannte. „Pferd?" *Hengst* fand Eva zu platt. Sie sagte das einfach so, sie war eben älter. Ein näherliegendes Thema: Bad Homburg und *Weshalb eigentlich vor der Höhe?* Eva hatte sich infor-miert. Der Namenszusatz *Höhe* meine den Taunus.

Ich versuchte, kein Langweiler zu sein. Mein Defizit an Geistesgegenwart, als sie meinte, dass wir nicht erst zu heiraten brauchten, schmerzte noch. Daher mein Frontalangriff: „Musste sich nicht irgendwann jemand Gedanken über die Magie von Fahrstuhltüren machen?", fragte ich zusammenhanglos ohne Vorwarnung. Und fand mich großartig. Ich bekannte, ein Literat mit einst-weilen nichts als Zukunft zu sein, davon aber reichlich.

„Schau an", antwortete Eva. So klang Überlegenheit.

Ich ließ mich nicht entmutigen. Zur Kurzgeschichte hätte ich verarbeitet, wie ein gewisser Adam eine gewisse Eva kennenlernte... Und, nun ja, das Manuskript befände sich in meinem Koffer... da vorne ein Parkplatz.

„Welch glücklicher Zufall?" Eva neckisch.

Der Parkplatz war überfüllt. Ich stellte den Käfer zwischen Kiefern ab, übersah und überhörte dabei, dass wir eine heftige Bodenberührung hatten. Der Kaffee aus der Thermosflasche schmeckte lau, Eva öffnete das Schiebedach. „Na dann." Sie schien zuhören zu wollen.

„Gewisse Fahrstuhltüren", deklamierte ich los, *„öffnen sich wie magisch. Feierlichkeit will aufkommen, als öffne sich ein Vorhang. Das Stück kann beginnen, alles scheint möglich. Niemand erwartet pure Ästhetik. Der Fahrstuhl ist keine moralische Anstalt, man will ja bloß hinauf in die siebzehnte Etage, steigt ein, drückt eine Taste. Fertig. Warum sollte jetzt jemand Bravo oder Da capo rufen? Oder ans Heiraten denken? Bloß weil bereits eine Frau in der Kabine steht? Eine Frau, kerzengerade, sie hält den Kopf, als wenn eine Krone darauf säße. Auf den ersten Blick ist sie die Frau, die immer nur den anderen gehört.*

„Soll *ich* das sein?" unterbrach Eva. Sie schüttete den erkalteten Kaffee aus dem Fenster. „Lies schon weiter."

Die Fahrstuhltür schwebt zu, magisch, versteht sich. Wir heben ab. Fünfter Stock. Sechster. Siebenter. Acht... Stopp. Das Licht ist aus, der Fahrstuhl steht, gnadenlose Dunkelheit. Bestimmt gibt es irgendeine Vorschrift, dass havarierte Fahrstühle notbeleuchtet sein müssen. Diesem hier ist das unbekannt.

Wie verhält man sich in vier Quadratmetern Dunkelheit gegenüber einer Frau, von der man nur weiß, dass sie ihren Kopf hält als wenn eine Krone darauf säße? Soll ich sie ansprechen? Besser warten, bis nichts passiert? Nach einer schicklichen Pause, geschätzte drei Minuten, in Wahrheit drei Sekunden, räuspere ich mich.

Sie sei noch da, antwortet die Fremde.

Ich erwähne, dass ich nicht überrascht sei.

Blöd.

Also schweigen wir.

Bis sie es nicht mehr aushält. „Seien Sie unbesorgt“, sagt sie. „Ich werde Sie nicht attackieren.“

Ich lache höflich.

Dann ihre Frage: „Was machen Sie gerade?“ Diese Stimme! Ob die Frau ängstlich, ob sie verliebt ist?

„Ich stelle mir gerade etwas vor“, sage ich, und es soll witzig sein, „ich stelle mir vor, Sie heißen Daphne.“

Stille. Es ist so still als wenn eine Prinzessin atmet.

„Kennen Sie mich?“

„Leider nein.“ Das sollte nun galant sein. „Wieso fragen Sie?“

„Ich heiße wirklich Daphne.“

Ein klickendes Geräusch. Die Frau, denke ich mir, hat ihr Handtäschchen geöffnet. Sucht sie Pfefferspray? Oder so eine kleine Pistole für Damen, reines Silber? Jetzt wird mir unheimlich. „Stellen Sie sich einfach vor, wir machen ein Hörspiel“, sage ich, mehr zu mir als zu ihr. „Man sieht nichts, aber man kann alles hören.“

14

Ich höre leises Zischen. Pfefferspray aus der Dose? Ich schließe die Augen, es riecht nach Lavendel und verbrauchter Luft, eine Mixtur aus Träumerei und Realität. Lavendel also, kein Pfeffer. Plötzlich riecht es sogar ein wenig nach Sex.

Wie komme ich jetzt auf Sex?

Zum Glück, das Licht schaltet sich wieder ein.

Die Frau, kein Wunder, dass ich mich im Dunkeln kaum erinnern konnte wie sie aussah, die Frau hat etwas an, das so sehr, so genau zu ihr passt, dass es nicht auffällt. Ihr Haar ist in der Mitte gescheitelt als wenn ihr Kopf mit beiden Händen gestreichelt werden möchte. Ich bin sicher, Temperament zu sehen, Wärme, Weib, Schönheit, Herausforderung. Liegt in ihrem Blick nicht auch etwas Morbides, Vergänglichkeit? Augenblicklich kann ich mir alles bei ihr vorstellen: wie sie als Tote aussehen würde, wie sie mit zwei Männern schläft, dass sie Balladen singt. Künstlerisches.

Der Fahrstuhl setzt sich in Bewegung. Beide steigen wir im siebzehnten Stock aus. Sternförmig zweigen hier die Flure zu den Büros ab. Die Dame, die vielleicht wirklich Daphne heißt, wendet sich nach rechts. Ich studiere links die Wandtafel, den Wegweiser zu Namen und Zimmernummern. Das Konzertbüro residiert in den Nummern 1719 und folgende. Ich klopfe an, öffne. Schon wieder Daphne.

Meine Zuhörerin tut mir den Gefallen, sie applaudiert sparsam und lacht. Aber kein Kuss, keine Würdigung meiner literarischen Fähigkeiten, nur ein „Jetzt aber schnell weiter."

15

Irgendwie war er ja süß. Aber nicht bloß süß. Sondern aufrichtig um mich bemüht. Ein Jüngling, der ernst genommen werden wollte. Und ein Minnesänger. Unsere erste Begegnung hat er zu Literatur gemacht. Adam hat mir vorgelesen. Ein Dichter. Wenn ich die Augen zumachte, konnte ich weiße Locken und den Lorbeerkranz auf seinem Kopf sehen. Ich habe zugehört, wie er mich als Bergnymphe namens Daphne hin getextet hat. Habe sogar applaudiert. Albern oder?

Und warum Daphne?. Der Junge hat das mit seiner schriftstellerischen Verbundenheit zur griechischen Mythologie begründet. Außerdem liebt er Göttinnen, deswegen, na toll, mag er mich. Auch wegen meiner angeblichen Ähnlichkeit mit Audrey Hepburn. Für meinen Jahrgang sei ich eine moderne Frau. Wie diese Daphne, die zu ihrer Zeit eine jungfräuliche Jägerin war.

Was für Komplimente! Jungfräuliche Jägerin. Bin ich weder noch. Ich bin Neunundzwanzig. Was wird er nächstes Jahr sagen, wenn ich dreißig bin?

Blöde Frage.

Dann kennen wir uns doch gar nicht mehr.

WESHALB BAD HOMBURG? Weil Berlin 1967 noch keine Hauptstadt und weder arm noch sexy war. Und weil Homburg nahe genug lag für die in Frankfurt/Main tätigen Feuilletonisten und Korrespondenten.

Wir hatten einen Chansonsänger, französisch, bei seinem ersten Auftritt in (West-)Deutschland zu betreuen. Mein Beitrag: Autofahren, später auch den Programmverkauf abrechnen. Eva war die Expertin. Nett zum Künstler sein, ihm Wünsche von den Augen ablesen. Und erfüllen, ohne viel Geld auszugeben. Die Presse mit Klatsch versorgen, dabei druckreif zu schwärmen: von künstlerischer Mission, Welterfolg, Schmelz im Timbre eines angehenden Weltstars, von der Mission genialer Texte. Nach der Veranstaltung: Abrechnung des Kartenverkaufs, Formulare. Eventbürokratie.

Zuvor stoppte uns die Polizei. Unser Wagen verlor Öl, tropfenweise aber genug, um sofort aus dem Verkehr gezogen zu werden. Vermutlich eine Folge der Bodenberührung, die wir auf dem Parkplatz hatten, wo ich Eva unsere erste Begegnung literarisch deutete. Wir ließen das Auto in eine Werkstatt abschleppen. Was nun?

Eva winkte einem Taxi. Gerade noch rechtzeitig sammelten wir den Sänger am Flughafen ein. Als Erkennungszeichen trug er ein Seidentuch in der Hand, bleublanc-rouge, *le tricolore*. Ein großes Kind mit Fähnchen, blonde Haare, etwas lockig, den Kopf vermutlich voller Musik. Er küsste meine Eva leidenschaftlich. Meine?

„Ich bin André", sagte er. „Einfach nur André. Ein normaler Kommunist." Er kannte die Behelfe der Promis, sich unvergesslich zu machen. Das Taxi wäre fast auf einen Bus aufgefahren. Kommunist? Das wirkte zumal in einem mit den USA befreundeten Land, zumal im Jahr 1967 wie eine Provokation. Sollte es wohl auch.

„Der Vertrag mit unserem Büro sieht vor, dass sie so etwas nicht sagen werden." Eva lachte um Zustimmung.

Er lachte mit. „Aber dir kann ich doch alles sagen, oder?" André sprach deutsch, vor Jahren war er Angehöriger der Besatzungsmacht in Freiburg.

Wir bezogen Quartier in einem Hotel, das übertriebener aussah als es war und kostete.

Während wir anschließend Frankfurt in Richtung Bad Homburg verließen, protestierte der Sänger. Vielleicht hatte ihm niemand gesagt, dass er in Deutschland zu unbekannt war, um ihn gleich in der Großstadt auftreten zu lassen. Eva war der Situation gewachsen, sie erklärte Homburg zum Frankfurter Stadtteil, das dortige Theater für besonders geeignet, Andrés Stimme, die Intimität seiner Texte zu akzentuieren. Kultur eben.

Kulturschock dann in Bad Homburg. Zu wenig Karten verkauft. Eva zeigte sich auch diesem Problem gewachsen. Sie ließ Freikarten auf der Straße verteilen. Vor dem Auftritt von André stand Eva auf der Bühne. Sie bat alle Konzertbesucher, die vorderen Reihen zu besetzen.

So wirkte der Saal ziemlich ausverkauft.

Ich durfte mit den beiden Platzanweiserinnen übrig gebliebene Programmhefte zählen. Vorsichtshalber zweimal, bei der Abrechnung war ein Anteil für das Theater zu berücksichtigen. Je ein Programmheft gab es für die Damen umsonst, großzügig mit Autogramm des Chansonniers. Sie gaben mir die Hefte zurück. „Für zwei André bekommen Sie vielleicht eine Caterina Valente."

Erfolg für André. Einige Damen im Publikum, es war nicht die jüngsten, konnten den von einem Pianisten begleiteten Gesang nur mit Taschentüchern genießen. Am Ende Vorhänge, Blumen, Applaus.

Und der Wagen eines Großindustriellen. Der Chauffeur überbrachte eine Einladung.

Was Rang in der Mainmetropole zu haben glaubte, ersehnte uns nahe beim kalten Buffet im Salon. Smalltalk, Häppchen und Sekt, stehend. Das Übliche, außer einer Kleinigkeit: Zur Mitternacht wurde der Ehrengast vermisst. Insider fanden schnell heraus, dass auch die Frau des Industriellen fehlte. Eva, als sei sie für das Benehmen des Sängers verantwortlich, suchte, fand mich in der Bibliothek. Sofort solle ich zum Hotel fahren.

Der Tipp war goldrichtig und André in seinem Zimmer. Beschäftigt mit der braungebrannten Gattin eines Superreichen. Sie maulte, als ich sie zur Heimkehr überredete. Während sie sich anzog, diskutierte ich mit André den Kommunismus. Er fand ihn schick.

Am folgenden Tag, das Frühstück im Restaurant war schon abgeräumt, gähnte André in die Lobby des Hotels. Am rückwärts ausgestreckten Arm, wie im Schlepptau, zog er eine ausgestandene Dame hinter sich her, die ein Negligé in der Hand hielt. Flüchtig, wenn auch heftig geschminkt, blinzelte sie im Vorbeigehen die Sessel ab, fand ihren Chauffeur, der ihr galant das Negligé abnahm und gelassen wartete, bis sie sich laut genug bei André *für die Wohltaten, auch deines Gesangs, mein Lieber* bedankt hatte.

Eva, in ihrer direkten Art, stellte die nächstliegende Frage. „Die Frau, wer war das?" André kannte sie nicht.

Mit dem Taxi begleitete Eva den Chansonnier zum Flugplatz. Ich kümmerte mich inzwischen um unseren himmelblauen Käfer. Er tropfte nicht mehr.

Nächtliche Heimfahrt. Um Mitternacht wurde ich dreiundzwanzig. Zum Geburtstag durfte ich hinauf in Evas Zuhause. Ein Schluck Sekt wie im Nachkriegsfilm.

Dritte Etage. Kleine Wohnung, flott eingerichtet.

Eva öffnete die Balkontür, die Nachtluft tat ihrer Behausung gut. Wir traten hinaus, ein kleiner botanischer Garten. Eva wollte Champagner holen.

„Keine Umstände bitte." Sowas sagt man dann ja.

Als sie in die Dämmerung auf den Balkon zurückkehrte, war klar: Sie hatte sich entkleidet, aber keinen Champagner. „Nichts Trinkbares im Haus", sagte sie und: „Auf die Schnelle konnte ich kein anderes Geschenk für dich auftreiben. Hast du Lust?"

Welch unverblümte Frage. „Ich bin kein Kind mehr", fiel mir ein.

„Wir werden es herausfinden", entschied Eva.

Nun wurde mir mulmig. Trotz meiner Erfahrungen mit einer älteren Frau. Ich war Achtzehn, als mich die Einsicht überwältigte, dass Frauen daraus Lust gewinnen, wenn sie als Geschenk angenommen werden. Einzelheiten erfuhr ich nach einer Theaterpremiere. Der Regisseur, ein alter Bekannter meiner Mutter, ließ mich als Helfer hinter der Bühne agieren. Anschließend die Premierenparty. Ein paar Theaterleute, lokaler Wohlstand, ein Landrat und ein angehender Abiturient, ich nämlich. Wir saßen auf der Hotelterrasse, redeten Kultur, tranken Selbstgefühl. Es wehte lau, ein Sommerwind, der die Flammen der Kerzen schaukeln ließ. Satt vom Gelingen der Premiere, gaben wir uns dem Nichts hin, nahmen ein Bad in der Nacht. Ich hörte den Gedanken einer Bühnenagentin zu, Französin, ihr englisch war mäßig, Ansätze zur Pummeligkeit verbarg sie hinter überfälligem Charme, einer schwarzen Ponyfrisur und ihrer samtenen Stimme. Für mich war alles ungewohnt, Smalltalk nach Mitternacht, dazu der Rotwein, der mir Ahnungen von Weltläufigkeit einflößte. Alles traute ich mir zu, sogar eine Frau. Ich missbrauchte eine Serviette, notierte eine Zahl darauf, knotete sie der Dame um das Handgelenk. Meine Zimmernummer, sagte ich, meine Fantasien tummelten sich schon jenseits meiner guten Erziehung. Sie

21

las die Botschaft. Viel später gingen wir, jeder für sich, auf unsere Zimmer. Meins kam mir jetzt größer vor, das Bett breiter. Wie Kino, es fehlte nur, dass vor dem Fenster eine Neonreklame zuckte. Dunkelheit statt dessen, ich schaltete das Licht aus, so sicher war ich, sie würde kommen. Lief in einer Turnhose herum, das erschien mir, ich war unerfahren, hinreichend bedeckt und entkleidet. Klopfen an der Tür. Ich öffnete hastig, eigentlich hatte ich, das kam mir männlich vor, einen Moment warten wollen. "Komm". Mehr sagte sie nicht. Sprachlos auch ich, es war mein erstes Mal, Sensationen hatte ich erwartet, Verzückung, Ungeahntes, aber es war nur warm und angenehm, es befriedigte. Sie bewegte sich nicht, war aber auf eine intensive Weise bereit: Wie die Mutter, die einem Kind die Brust überließ. Als es geschehen war, strich sie mir durch die Haare, minutenlang. Ihre Hände fragten, ob es schön gewesen sei.

Eva weckte solche Erinnerungen, bot jedoch keine Vergleiche. Auch sie verschenkte sich, aber aktiv, fordernd.

Noch wie im siebenten Himmel, im Taumel und so, befolgte ich Evas Befehle, schloss die Haustür zweimal, warf die Schlüssel in den Briefkasten.

Und einen Abschiedsblick zurück.

Meinen Kopf konnte ich in diesem Moment gerade noch retten.

Der Blumentopf, Goldkugelkaktus (aus der Familie Echinocactus grusonii), fiel von Evas Balkon, dritter Stock, er traf mich an der Schulter, prallte ab, zielte zwischen die Sträucher, trudelte mir vor die Füße. Ich hob den Topf auf. „Etwas passiert? Mein Versehen, bitte entschuldige." Oben auf dem Balkon zeichnete das Morgenlicht die Kontur einer Eva. Sie stand am Geländer, splitternackt, winkte mit beiden Armen. Dabei reckte sie sich auf Zehenspitzen, offenbar sollte ich möglichst viel von ihr zu sehen bekommen. Seit wenigen Stunden war ich dreiundzwanzig. *Endlich erwischst du mal eine tolle Frau, und dann ist sie zu alt.* Hätte ich denken können.

Dachte aber nichts dergleichen. Seit zwei Tagen erlebte ich, dass alles anders war. Insbesondere Sänger, Großindustrielle, die Frauen, das Leben. Ich sah noch immer zum Balkon.

Auch wenn es ein schönes Bild war: warum winkte Eva, nach paradiesischer Mode unbekleidet, vom Balkon?

Am Telefon, erst Tage danach, bekam ich statt einer Antwort ein Orakel. Eva lachte nämlich nur. „Dummkopf" sagte sie.

Den Belang und die Vielschichtigkeit dieses Wortes sollte ich erst im Verlauf von über vier Jahrzehnten begreifen. Es konnte etwas wie *Liebster* bedeuten oder *Idiot*, eine Zurechtweisung oder eine Schmeichelei Damals aber war ich jung genug, durfte von solchen Antworten erschrocken oder entzückt sein. Warum Eva nackt vom Balkon winkte? Verstellte sich Eva, war sie so? Sind Frauen mit Neunundzwanzig so?

„Damit du wiederkommst", übersetzte sie den Dummkopf in Alltagssprache.

Heute weiß ich:

Erfolgreich zu sein, war ihre Art zu leben.

Nicht allein sein zu können und zu wollen, ihre Art zu lieben.

Eintrag in Evas Tagebuch:

Autobahnfahrt mit Adam und mit Geständnissen: Ich gestand, man könne gut mit ihm zusammenarbeiten. Er beichtete, dass er seit Mitternacht Geburtstag habe. Dreiundzwanzig.

Wie im Vertrag stand, brachte er mich zu meiner Wohnung, parkte das Auto, übergab mir den Wagenschlüssel. Tschüss.

Konnte ich ein Geburtstagskind einfach so gehen lassen? Dass ich ihn zu einem Abschiedssekt herauf bitte, dass ich mich zum Geburtstagsgeschenk machen würde.... Durfte ich? Er jedenfalls durfte. Wie ein Adam. Er legte wie ein Adam Wert auf seine Qualitäten als Liebhaber. Von einer geilen Theateragentin flüsterte er und von einer Klassenfahrt, von der dazugehörigen Susanne und deren Zöpfen und Brüsten, und wie sie in sein Zelt schlüpfte. Ein netter Junge!

Noch während er sein Geschenk entgegennahm, beschäftigte ihn:
„Was wirst du sagen, wenn jetzt dein Hengst, pardon: dein Pferd, hereinkommt?"

Ich beruhigte, zurzeit gäbe es kein Pferd. Stimmt ja auch.

Dann urplötzlich der wahnwitzige Gedanke: Könnte dieser Junge mein Pferd werden? Unvorstellbar!

Oder?

Nichts oder.

Doch oder: Am meinem Ende tut es mir womöglich leid, ihn nicht wenigstens ausprobiert oder gefragt zu haben. Wir würden vielleicht etwas Passenderes als den Ehestand finden. Immer zusammen zu bleiben, ist ja kein ausreichender Grund zu heiraten.

ZORN NEBEN DEM STRASSENSCHILD. Eine Hilfe zum Lesen? Braucht die Frau nicht. Wie der Mann darauf käme? Er hat ihr seine Brille angeboten. Sie schlägt ihm den Handschuh ins Gesicht, so erregt ist sie.

Für den Mann wird es darauf ankommen, zu akzeptieren und, glaubt er, zu verstehen. Seine Partnerin lebt bei ihm, zugleich weit weg, in der anderen, ihrer Welt. Einer chaotischeren, einer besseren Welt? Um Kontakt zu der Frau zu behalten, müsste der Mann einen Zugang in diese, ihre Welt finden. Er ahnt, dass er scheitern wird.

Dennoch versucht er, sich diese Welt vorzustellen: Aus bestimmten Reaktionen der Frau, dem Schwinden von Gewohnheiten, dem Wechsel von Sinnesstörungen, aus Bewegungen, Gesten, Blicken konstruiert er sich ein passendes Terrain. Es ist eine verengte Welt, die auf den Moment, auf das Jetzt fixiert ist. Ohne Gestern, wenig Zukunft. Kein Vorhin, kaum ein Nachher. Keine Konsequenzen aus früheren Verrichtungen oder Begebenheiten. Ebenso minimal wie beängstigend reichhaltig.

Oder muss man sich vielleicht vorstellen, das Leben der Frau verlaufe nun in die falsche Richtung? Wird sie wieder zum Kind? Reaktionen wie Stimmungswechsel von jetzt auf gleich, Trotzkopf, Schwindeleien, Anschmiegsamkeit, Ungeduld lassen auf eine solche Entwicklung schließen.

Wer wagt zu entscheiden, dass nur der jeweils andere auf der falschen Seite lebt? Der Mann versucht sich an einem ungehörigen Gleichnis. Die bekannte Sache zwischen Besuchten und Besuchern im Zoo bei der Begegnung am Käfiggitter. Wer ist drinnen, wer draußen, wo findet die eigentliche Welt statt? Könnte sich die Frau bei Betrachtung ihrer Mitmenschen bestätigt fühlen, ihre Welt sei die normalere?

Welche Welt ist erklärlich, welche verwirrend? Obwohl von Amts wegen stets bestens begleitet, auch sprachlich: Die pflegedienstliche Redensart *Verhinderungspflege* bekennt sich nicht zur Pflege von Verhinderungen, auch nicht zur Verhinderung von Pflege. Vielmehr soll begrifflich erfasst werden, dass die Pflegeperson verhindert ist zu pflegen. Pflege to go. Wegen dringender Besorgungen beispielsweise, wegen der Wahrnehmung unaufschiebbarer Behördengänge, oder wegen Krankheit.

Jemand verliert seine Erinnerungen. Verliert er sein Leben? Ist Leben eine Konstruktion aus Erinnerungen?

Der Mann, das beschließt er mit entschiedener Feierlichkeit, wird beobachten, versuchen, forschen. Bloß nicht aufgeben. Selbst Don Quichote – wie kommt er jetzt auf Don Quichote? – war auf seine Art ein permanenter Forscher.

Sowas geht ihm manchmal durch den Kopf,

Schnittpunkte geistiger Ebenen

Im Kabarett, selbst wenn es öffentlich-rechtlich übertragen wird, geht es lustig zu, sobald von Demenz, von politischer, alltäglicher oder digitaler Demenz die Rede ist. Funktioniert ganz einfach: Jemand auf der Bühne sagt *Alzheimer*, die Zuschauer lachen. Demenz scheint unterhaltsam zu sein.

Der Mann beklagt sich nicht. Auch er grinst, wenn die Frau meint, ihn erst gestern kennengelernt zu haben. Er muss dann an das Gelächter älterer Kommilitonen denken, die ihn noch erlebt hatten: den Publizistikprofessor Emil Dovifat. Über Dovifat, lässt sich heute streiten, gewiss. Nur nicht über den Beifall anlässlich seiner Vorlesung *Die Pointe im Witz als Schnittpunkt zweier geistiger Ebenen*, so jedenfalls ist der Titel den Zeugen erinnerlich. Im Hörsaal, es musste der größte sein, untermauerte der Professor am Pult seine These, indem er beispielgebende Witze einstreute. Einen nach dem anderen, mit steinernem Blick. Im Auditorium bogen sich die Studenten vor Lachen. An die wissenschaftlich durchleuchtete Pointe als Schnittpunkt zweier geistiger Ebenen muss der Mann jetzt oft denken. „Ordnung", mahnt seine Partnerin an – und legt die Schuhe in die Waschmaschine.

Eintrag in Evas Tagebuch:

Wir, der Adam und ich. Ein eheähnliches Team. Ich fühlte mich geborgen – bei einem männlichen Twen!
Für sein Alter aber ist er schon älter.
Und jetzt das!
Publicity muss ja sein in meinem Job.
Aber wenn Adam das gesehen und gelesen hätte! Ich und der-Ballett-Tänzer. Auf der ersten Seite im Feuilleton.
Der Typ, sogar etwas jünger als Adam, hat mich richtig angeschmust. Natürlich bloß für die Kamera. An Frauen fehlt ihm der kleine Unterschied.
Und dann das…
Hätte doch diese blöde Touristin meinem Tänzer nicht plötzlich eine gescheuert! Vor allen Leuten. Jetzt steht die Sache in den Medien. Hoffentlich nicht bei uns zuhause. Aber da bringen sie ja keine Nachrichten aus dem Kreis Pinneberg.
Etwas Angst habe ich trotzdem. Ich fürchte nämlich (oder hoffe ich?), mein Adam ist eifersüchtig.

DIE ZERLESENE ZEITUNG lag auf der Parkbank, flatterte noch auf dem Sprung in den Müll. Ich setzte mich zu ihr. News von Helgoland, las ich mit einem Seitenblick.

Helgoland? Warum nicht. Vielleicht gab es da Nahrung für meine schriftstellerische Fantasie. Helgoland, eine Insel weit draußen, gerade noch nahe genug, um begreifbar, um real und vorstellbar zu sein. Im Roman, in dem ich ein heutiger Odysseus sein würde, könnte etwas wie Helgoland der trockene Fleck im Meer sein, wo der Irrfahrer – auf Geheiß von Göttervater Zeus – einer Nymphe vor ihre Vagina gespült wird. Mit einem *Hinweis für Rollenspieler* wird im Internet übrigens gewarnt: Odysseus gelte als Veranschaulichung eines verfluchten Charakters. Während der Fluch dem Helden nie direkten Schaden zufügt, nimmt er ihm nach und nach alle Freunde und Kampfgefährten. Eva, Goldberg & Co. als Kampfgefährten? Mein Roman wird vermutlich zur fixen Idee, bevor er geschrieben ist. In Odysseus, also mir, will ich nachdrücklicher als alle Dichter aller Zeiten den Menschen an sich sehen. Literarisch soll mein Odysseus eine Vorausschau auf Goethes Faust werden. *Sturmumtost* fällt mir im Vorbeilesen auf. Das Wort liebte auch Homer – jedenfalls sein Übersetzer. Noch habe ich keine Ahnung, dass ich gleich Eva treffen würde, virtuell, im Park, zwischen den Nachrichten von einer Insel, deren

Entstehung die Geologen vor über 250 Millionen Jahren beginnen lassen.

News? Gibt es trotzdem. Arbeitsmarkt zu Beispiel. Helgoland sucht Arbeitskräfte. In den kommenden Jahren sollen Großprojekte verwirklicht werden. Passt zu Odysseus und seiner Zeit. Weniger passend dagegen: Auf Helgoland, lese ich, soll das Fahren mit Fahrrädern oder Kraftfahrzeugen verboten werden. Die StVO erhalte dafür eine Sonderregelung. Das Flughafenrestaurant wird in Betrieb genommen, später im Jahr auch der Tower am Flugplatz. Außerdem noch: Ein begabter junger Tänzer, Russe natürlich, von Ovationen war die Rede und dass der Künstler beim Spaziergang von einer Touristin *aus dem rechten politischen Spektrum* geohrfeigt wurde.

Daneben Eva.

Eva?

Eva auf Helgoland?

Ein Bericht mit Foto, im Hintergrund die *Lange Anna*, bizarres Wahrzeichen aus Fels. Als wenn es auf Helgoland keine anderen Hintergründe gäbe. Das Foto passt mir nicht. Eva hält eine Hand auf dem Kopf, die Haare fliegen im Wind. Mit der anderen Hand umarmt sie einen Mann, Figur *Ephebe*, der sich gegen die stürmische Witterung stemmt. Es handelt sich, lese ich, um einen berühmten Tänzer. Berühmt? Bei mir nicht. Fehlt nur, dass sie sich küssen. Und die Lange Anna ihren Segen gibt.

Im Bericht lese ich: Der Tänzer, von seiner hübschen Managerin Eva Bauer betreut, habe mit seinem fulminanten Auftritt im Gemeindehaussaal die Inselbewohner und -besucher begeistert. Anschließend sei es zu der Tätlichkeit durch eine Touristin gekommen, über die Motive sei einstweilen nichts bekannt. Tänzer und Begleiterin hätten sich in einer Pension im Oberland erholt und Helgoland inzwischen mit dem Seebäderschiff *Wappen von Hamburg* verlassen.

Eva und ein Tänzer, blutjung, russisch.

Warum hat sie nichts davon gesagt, warum hat sie seit unserer erotischen Geburtstagsfete überhaupt nichts mehr gesagt, sich nicht mehr sehen lassen?

Weil sie mit einem Tänzer nach Helgoland gefahren ist?

Oder fahren muss?

Immerhin, kühle ich mich ab, gehört das zu ihrem Beruf.

Eifersucht? Die Lange Anna entstand vor Jahrmillionen, Eva ist jetzt Dreißig. Ich werde mich doch nicht in alte Frauen verknallen.

Selbstverständlich werde ich die Sache niemals gegenüber Eva erwähnen. Obwohl… Ich hätte sie gern sofort angerufen. Um eine Erklärung zu verlangen.

Mindestens eine Ausrede.

Und um mich von ihr trösten zu lassen.

DIE FRAU HAT SCHWIERIGKEITEN, Namen mit Gesichtern, Worte mit einer Bedeutung zu verbinden. Kündigt der Mann beispielsweise an, dass Schwager Ernst nachmittags zu Besuch erscheint, fragt sie nachdenklich. „Ernst?" Einen Ernst kenne sie nicht. Sobald der Schwager vor ihr steht, ist er ihr jedoch so vertraut, dass sie nicht zögert, ihm lächelnd die Hand zu geben, mit ihm über das schlechte Wetter zu sprechen und wie der Weg nachhause verläuft.

Was Schwager Ernst in diesen Momenten erlebt, widerfährt auch Restaurants, Straßen, dem Hund von gegenüber oder der eigenen Wohnung. Sobald die Frau jemanden oder etwas vor sich sieht, tauchen aus dem Gehirn Versatzstücke von Erinnerungen auf. Der Mann erwähnt, etwas Stolz klingt mit, gegenüber Freunden (und ohne zu wissen, dass es das gibt und sogar trainiert werden kann), seine Partnerin „verfüge immer noch über ein fabelhaftes optisches Gedächtnis."

Das lässt sich nutzen. Es werden Fotos eingesammelt: Freunde, Verwandtschaft, deren Häuser, das Café an der Ecke, der Briefträger, der Arzt, eine U-Bahn – was im Leben so vorkommt. Die Bilder werden vom Bruder der Frau, Hartmut, einem der Zwillinge, auf einem Quadratmeter Karton arrangiert, aufgeklebt, mit Legenden versehen. Der Karton wird griffbereit gehalten. Ein Brief, Ernst hat geschrieben. Wer ist Ernst? Der Karton muss her, das Portrait von Ernst wird gezeigt. „Ach der, den kenne ich."

Hartmut ist ein Träumer. Ihm scheint das Terrain vertraut, auf dem er seiner Schwester begegnen, sie verstehen kann. Es macht ihm nichts aus, sich jenseits der Wahrheit aufzuhalten. Er lebt anders, ist anders. Dabei sympathisch, sportlich. Vermutlich der Typ, den Frauen sich gönnen, weil sie George Clooney doch nicht bekommen. Fern davon zu leben, wie das der Mehrheit seiner Zeitgenossen eingeimpft ist, findet er Geld zu schade, um es für Miete und Steuern auszugeben. Er benutzt es vor allem, um seine Neugier auf das zu befriedigen, was gern als *die Welt* bezeichnet wird. Er reist viel. Allerdings nicht pauschal oder nach Mallorca. Er versteht viel. Nur nicht, weshalb er sein sollte wie jeder. Seine ‚Weltanschauung', ein großes Wort für ‚Ansichten', er holt sie aus einem tiefen Verständnis – weniger für Menschen als für Möglichkeiten schlechthin.

Der Bruder hat auch die ergänzende Idee. Er beklebt das Telefonverzeichnis mit briefmarkengroßen Abbildungen der zu den Nummern gehörenden Personen. Als ein Telefon mit programmierbaren Tasten angeschafft wird, lassen sich entsprechende Bildchen neben den zugehörigen Tasten befestigen. Die Frau kann noch jahrelang eigenständig Telefonnummern wählen.

Es entstand ein Ideenwettbewerb um pflegerische Hilfen. Im Verlauf erfand der Mann die *Evastraße*, mit der es folgende Bewandtnis hat. Der Mann und die Frau schliefen, ohne Ehe, im Ehebett. Von dort durch die Tür, schräg über die Diele, an der Küchentür vorbei, führte der Weg linkerhand zum Bad. Ein Weg, dessen Verlauf zu kennen mit wachsender Inkontinenz der Frau wichtig wurde. Nicht nur für sie. Auch für den Mann bot diese Ortskenntnis einige Erleichterung. Konnte er doch weiter schlafen, während die Frau den Weg alleine fand.

Als ihr das bei fortschreitender Erkrankung nicht mehr möglich war, er also mehrmals in jeder Nacht geweckt wurde, um die Frau zur Toilette zu begleiten, improvisierte der Mann eine Lösung mithilfe von Klopapier. Blatt für Blatt auf dem Boden ausgelegt, wurde der Weg markiert. Eine Vorrichtung, sie sich sogar über viele Tage hinweg recyceln ließ.

Hartmut, er ließ sich mitunter als *Bruder Hartmut* anreden, trat im Wettbewerb gegen solche Mechanik mit Sensibilität an. Man sitzt bei Tisch. Die Frau, so nennt sie es inzwischen, *muss Pipi*. Nein, dorthin finde sie nicht. Jemand müsse sie begleiten. Hartmut fühlt ihre Angst. Allein, der schwach beleuchtete Flur. Er sei stolz auf seine Schwester, sagt er scheinbar zusammenhanglos. Er bewundere, was sie in ihrem hohen Alter alles könne. Die Frau, versteht sie? Lächelnd findet und geht sie den Weg ins Bad, kehrt zurück. „Großartig", lobt Hartmut.

Vielleicht nicht die Frau. Aber er hat verstanden.

Filme vermuten

Der Mann lernt zu schätzen, was früher für ihn selbstverständlich war. Etwa am Morgen selber entscheiden zu können: Was mache ich mit diesem Tag.

Heute würde er gern eine Ausstellung besuchen. Aus Sentimentalität. Neueste Bühnen- und Veranstaltungstechnik, da kannte er sich früher aus. Aber...

Aber man ist beim Arzt. Eben fragt der nach speziellen Beschwerden. Wie lange schon? Auch Halluzinationen? Ob es vorher eine Operation unter Vollnarkose gab. Der Mann antwortet, manchmal nickt die Frau dazu, der Arzt notiert in den Computer, mit dem er sich den kolossalen Schreibtisch teilt.

Zwischenbilanz: „Sie", schaut der Arzt den Mann an, „Sie machen sich also Sorgen, dass Ihre Gattin zunehmend Gedächtnislücken hat, ihre Erinnerungen verliert, oft nach passenden Worten sucht, Sätze nicht zu Ende spricht. Und jetzt sind Sie beunruhigt, die Familie vermutlich auch." Da nickt der Mann mit dem Kopf.

„Aha", fasst der Arzt zusammen. Er erklärt, dass er nun einen kurzen Test machen wird, lehnt sich weit zurück, öffnet eine Schublade in dem Schrank hinter sich, findet, ohne sich umzusehen, einen Vordruck. Ein Fragebogen. Der Mann wird aufgefordert, nicht einzuhelfen, nicht zu kommentieren, am besten zu schweigen.

Die Frau wird gefragt. Nach dem Alter. „7. März", nennt sie ihren Geburtstag. Nach ihrem Geburtsjahr, „7. März" wiederholt sie, nach dem Vornamen der Mutter, sie schweigt. Der heutige Wochentag?

„Sonntag?" schätzt sie und lächelt.

„Beinahe", lobt der Arzt. Es ist Mittwoch.

Die Frau erhält ein Blatt, weißes Papier, einen Kreis soll sie zeichnen, darin die Ziffern einer Uhr ergänzen und zwei Zeiger einfügen, die halb Elf anzeigen. Sie blickt ratlos, hat Schwierigkeiten, findet eine Lösung, stellt ihre Armbanduhr auf halb Elf, zeichnet was sie sieht. Jetzt blickt der Arzt ratlos.

Es folgen körperliche Untersuchungen, ein EKG. Die Frau wird ungeduldig wie in letzter Zeit häufig. Ungnädig teilt sie dem Arzt mit, sie würde jetzt gehen. Der wiederum setzt seine Brille ab, legt sie auf die Unendlichkeit der Tischplatte, wendet sich an den Mann. „Die Patientin", der Arzt nennt jetzt nicht ihren Namen, „weist Symptome des demenziellen Syndroms auf."

Das Paar verlässt die Praxis mit einer Überweisung zur Computertomografie (Ergebnis: „Globale Atrophie…") und einem Rezept (Tabletten, die telefonisch wieder abgesetzt werden, die Frau ist nach der Einnahme gereizt, aggressiv).

ABENDS. Der Mann sitzt an ihrem Bett. Die Frau freut sich darüber. Kann man sich teilnahmslos freuen? Ihre Augen senden Vertrauen. Kein Kommentar zum Arztbesuch, stattdessen fragt sie: Ob noch Jogurt im Kühlschrank ist und „werden wir morgen endlich fahren?" Die Frau hat sich bei Freunden beschwert, man würde sie nicht nachhause gehen lassen, von *eingesperrt sein* hat sie gesprochen. Ist Nachhause ein Gleichnis für das Leben vor der Demenz? Sehnt sich die Frau nach Vergangenheit, Aktivität? Der Mann wird den Arzt befragen.

Weißt du noch, wie du das Spiel erfunden hast?"
„Was für ein Spiel?" fragt die Frau.
„Ich glaube, wir nannten es *Filme vermuten*."
„Vermuten?" Sie erinnert sich nicht.
„Ich werde dir die Geschichte erzählen."
„Danke."
Der Mann erzählt:
Amerika. Rückflug von New York. Und dass es über der Südspitze von Grönland war. Eine Stewardess fragte, ob Kopfhörer gewünscht werden. Der Film, ein Western, allerdings ziemlich Hollywood, würde gleich beginnen. Aber meine Eva war nicht zum Kino aufgelegt. Lieber schlafen, sagtest du und dass du dafür keine Kopfhörer brauchst. Nur die Hand von dem da.
Der da war ich.

38

Hollywood hat dennoch gesiegt – ohne Kopfhörer. Mal mit einem, mal mit beiden Augen hast du zur Leinwand geblinzelt. Wildwest über dem Atlantik. Typen, Pferde, Schüsse. Du hattest deine Hand in meiner vergessen und dass du so müde warst.

Wir sprachen.

Du: „Der sanfte Typ dort links, der mit dem Fleck auf dem Hut, der erschießt am Ende sein Mädchen."

Ich: „Woher willst du das wissen?"

„Er hat gesagt, dass er sie liebt."

„Aber du hörst doch gar nicht, was er sagt."

„Ich sehe sein Gesicht, Gesten. Außerdem. ich kann von seinen Lippen lesen."

„Kann ich auch", behauptete ich. Der Junge mit dem Hut passierte gerade die Schwingtür zum Saloon. „Jetzt geht er, dein sanfter Typ, in die Bar. Und bestellt einen sehr anständigen Whisky."

„Wie kannst du so was sagen! Er sieht so lieb aus. Ich wette, er bestellt ein Glas Milch."

Ehe ich rechthaben konnte, stellte der Wirt, natürlich ein grobschlächtiger Typ, das Glas mit weißer Flüssigkeit auf den Tresen. Du warst ebenso überrascht wie ich. Für den Rest des Films übten wir, die Handlung tonlos, ohne Dialoge, ohne Musik zu verstehen.

Wir hatten mehr Spaß, als die Passagiere mit den Kopfhörern.

Die Frau lächelt, erinnerte sie sich nun doch?

Der Goldberg ruft

Irgendwann tut es der Mann. Er googelt. „Demenz", erfährt er, bedeute „ohne Geist" (lateinisch *Mens* = Geist, Verstand, *de* = abnehmend). Laut Wikipedia „ein Defizit in kognitiven, emotionalen und sozialen Fähigkeiten, das zu einer Beeinträchtigung sozialer und beruflicher Funktionen führt und meist mit einer diagnostizierbaren Erkrankung des Gehirns einhergeht. Vor allem ist das Kurzzeitgedächtnis, ferner das Denkvermögen, die Sprache und die Motorik, bei einigen Formen auch die Persönlichkeitsstruktur betroffen." Pharmaunternehmen klären im Netz über die medikamentöse Behandlung auf. Gottgefällig wird auch darüber aufgeklärt, dass der Glaube – selbst beim demenziell veränderten Menschen – eine Rolle spielt: *Menschen mit Demenz haben kognitive Fähigkeiten und Erinnerungen teilweise oder ganz verloren. Doch der Glaube beginnt nicht erst, wenn der Mensch zu einer verständnisvollen Reflexion fähig ist, und wo der Mensch dazu nicht mehr fähig ist, da hört der Glaube nicht auf.* – Woher wissen die das?

Der Mann liest Internet. Andere lesen mit, spähen aus, *dass* er und *was* er liest. Angebote kommen. Mails, auch ungefragt, bunte, das Leben mittels Glanzpapier

40

bejahende Broschüren, flott getextete Menschenliebe, einfühlsam formulierte Problemlösungen, Bedarfsbefriedigung auf hohem ethischem Niveau. Die geschäftsmäßige Wohlfahrt weist auf ihre Dienste hin. Pflege ist ein Produkt, es anzubieten ist Marketing, die Käufer zu finden, erfordert Marktforschung und Werbung. Praktiken von Gestern – die neue digitalen Welt?

Der Zeitgeist, weiß der Mann, liebäugelt mit dem *Ende der Privatheit*. Keine Revolution bitte, aber eine Neufassung sollte schon her. Historiker geben ihr Bestes. War die Privatsphäre eine Verlegenheitslösung? Füllte sie eine Lücke, die entsteht, wenn das Internet noch nicht erfunden ist? Hat das Netz die Privatheit altmodisch gemacht wie das Auto die Pferdedroschke? Was ist als Nächstes dran, nach der Privatsphäre das Privateigentum (kleiner Leute)? Wird es ebenfalls als Lückenbüßer entlarvt – wenn die Staatsschulden getilgt werden müssen?

Kann man dem Internet vorwerfen, dass es nichts vergisst, nichts vergessen will? Informieren wollte sich der Mann, stattdessen informierte er seinerseits. Ein Markt für Menschenliebe, der Mann hat ihn betreten. Signalisiert hat er, bei uns ist Geld zu holen, wir haben, was ihr sucht. Bedarf nämlich.

Der Internetsurfer, so färben ihn selbsternannte Experten schön, wird zum gläsernen Menschen. Gilt Glas als angemessenes Material für das Ebenbild Gottes?

NACH DEM VORGEBLICH ROTEN Chansonnier, der lebenshungrigen Industriellengattin, dem prickelnden Geburtstagsgeschenk, der Wende in meinem Weltbild, ergab sich kein dienstlicher Grund, Eva zu sehen. Ich vergaß sie nicht. Im Gegenteil, ich wurde süchtig, mit ihr zu telefonieren, traute mich aber nicht. Blieb die Hoffnung, dass Eva süchtig blieb, nicht allein zu sein.

Oder war das *Pferd* wieder aufgetaucht?

Nach Monaten. Ein Herr Goldberg rief bei mir an. Goldberg? Der Typ befahl mir, seine Stimme fistelte, nannte Tag, Ort, 17. Stockwerk. „Pünktlich um drei."

Um drei stand ein Seminar *Journalistisches Schreiben* in meinem Terminkalender.

„Nebensächlich", Goldberg legte auf.

Heute weiß ich: Karl Goldberg, kompromisslos im Tragen mottenlöchriger Pullover und unersättlich, wenn es um Gewinne geht, ist Evas Chef und Mitinhaber des Konzertbüros. Ich weiß inzwischen auch: *Wenn Goldberg ruft, kommt sogar der Gigli.* Beniamino Gigli, Opernsänger, Filmschauspieler, in den 1960ern kannte ihn noch jeder.

Ich tat, was Gigli getan hätte: Ich ging hin.

Abends traute ich mich, rief bei Eva an. Niemand da. Also schrieb ich. Übermütig. Ich, der Student, verknallt in eine, die sich ihm gegenüber als Frau geoutet hatte, die nicht zögerte, zu begehren und begehrenswert zu sein. Der er imponieren zu müssen glaubte, weil sie älter war, erwachsener. Ich schrieb nach Art der Schriftsteller: zutreffend, *was* und stilvoll, *wie* es vorgefallen war:

Hallo Eva. Euer Goldberg hat (an)gerufen. Ich war im Konzertbüro. Du leider nicht. Trotzdem. Du sollst alles wissen. Ein bisschen ausgeschmückt, damit du was zu lachen hast.
Erkennst du Ort und Personen?
Erst ich: Ich trete auf. Bin mal wieder zu pünktlich. Die 190 Quadratmeter im 17. Stockwerk, du kennst jeden einzelnen, werden bei euch Olymp genannt. Hier erlebe ich: Frau Thetis, eure Vorstandssekretärin, und Egbert Hermes, Direktionsassistent. Umrahmt von zwei attraktiven Damen, Putzkolonne, sie geben ihr Bestes, eine mit Staubsauger, die andere mit einem Wischtuch in euren Konzernfarben Purpur und Gelb. Man sucht verbliebenen Staub, der Olymp wird auf Hochglanz gebracht. Die Dame mit dem Wischtuch macht gerade Pause, sie sorgt sich, warum der schöne Raum ‚Olympia‘ genannt wird.
Euer Hermes, humanistisches Gymnasium, weiß Bescheid. „Olymp“, korrigiert er. „Nicht Olympia.“ Hier würden nur Muskeln beansprucht, die zum Plappern erforderlich sind. „Olymp, Griechenland“, ergänzt er, „ein Berg, auf dem sich einst die Götter versammelten. In fast 3000 Meter Höhe, fast wie 17. Etage.“
„Wegen der Weitsicht“, sagt Frau Thetis ironisch.
„Wegen der Distanz. Man schafft sich, göttergleich, eine eigene Realität.“ Sowas wissen Assistenten, wenn hinreichend junge Putzfrauen zuhören.
„Götter?“ fragt die mit dem Staubsauger traurig. „Kein Sport?“

43

Hermes wiegt den Kopf. „Damals schauten nur Männer zu, die Sportler waren angeblich unbekleidet." Der Staubsauger macht ein Geräusch, als verstünde er nicht.

Der Assistent schaut der Frau in den Ausschnitt, dann zur Uhr. Halb Zehn. Da kann er noch einen gewissen Homer zitieren: „Als nun aber der zwölfte Morgen gekommen, schritten zurück zum Olymp die ewig währenden Götter, alle, mit Goldberg an der Spitze. Frau Thetis tauchte empor aus der Woge des Meeres, sie stieg in der nebeligen Frühe zum hohen Himmel und auf dem obersten Scheitel des zackengeschmückten Olymp fand sie den Kroniden Goldberg." Die Damen kichern, weil Hermes den Goldberg einen Kroniden genannt hat. Sie halten das für ein unanständiges Wort. Im Nu entsteht die bekannte Situation: Humanist erläutert drei Personen die griechische Antike (wobei Mythologie gern auf ihren erotischen Gehalt verkürzt wird). Vom Gott Zeus erzählt der Assistent. Zeus, der die Herrschaftsgebiete unterhalb des Himmels seinen Brüdern zuteilte. Gemeinsam beherrschten sie die Erde und die Schlagzeilen von damals. Zahllose Liebschaften wurden ihnen nachgesagt, auch solche, die juristisch als Vergewaltigungen auszulegen seien. Der Assistent blickt zur Uhr.

Die mit dem Staubsauger fragt. „Und was war mit Jesus?"

„Das war später, viel später."

„Hatten sie auf dem Olymp auch Göttinnen? Ich meine Götter, die Frauen waren?" Hastig, die Uhr weiter im Blick, erwähnt Hermes eine Göttin namens Athene, die prinzipiell Angriffe auf ihre Keuschheit abzuwehren pflegte – „und waren sie noch so plump." Anders die Aphrodite, eine Göttin, die eigens für Liebe

44

und Begierde zuständig war. Obwohl verheiratet, habe sie niemals ihren Zaubergürtel abgelegt, der Männer und Götter dazu brachte, sie zu begehren. Und nach getanem Beischlaf habe sie ihre Jungfräulichkeit durch ein Bad im Meer wieder hergestellt.

„Bei solchen Göttern hätten mich meine Eltern nicht am Religionsunterricht teilnehmen lassen", sagt die Frau mit dem Wischtuch. Inzwischen ist einer unbemerkt eingetreten. schreitet auf Überlegenheit, wie auf einer Wolke. Seine gesellschaftliche Position scheint derart, dass er weder Golf zu spielen, noch zu reiten braucht. Er ist exzentrisch genug, kann es sich leisten, Kugelstoßen zu trainieren. Karl Goldberg.

Der Assistent tut, was ihm in Goldbergs Gegenwart zu tun bleibt. Er schaut zur Uhr. Die Tagesordnung liegt bereit. Erst soll über Wiesbaden gesprochen werden, dann über eine Welttournee. Erst ich also, ich bin ‚Wiesbaden'. Nacheinander erscheinen sie, die Götter und eine Quote Göttinnen. Ich werde vorgestellt…

Mit einem Wort, Eva, ich habe den Job. Aber ohne dich. Du musst, hörte ich, nach Oslo fahren.

Tags darauf, abends, Telefon.

„Du kennst mich noch?"

Ich schluckte. „Die Eva, die nicht allein sein will?"

„Nicht vergessen? Weißt du noch, wo ich wohne?"

„Wie? Darf ich dich besuchen?"

„Ich warte."

„Heute? Ich dachte, ähh… dein Hengst." Ich wollte überlegen klingen, vergaß stattdessen zu telefonieren.

„Hallo… Bist du noch da…? Weißt du, es gibt kein Pferd, mit dem du dich vergleichen müsstest."

Mit dem Fahrrad zu Evas Wohnung braucht man etwa eine halbe Stunde. Ich war schneller. Trotzdem stand sie schon in der Tür. „So ein Zufall." Eva verunsichert. „Ich habe gerade Besuch bekommen. Ein Herr, er schuldete mir Geld. Gleich wird er wieder gehen."

Der Unerwartete lümmelte sich in einem Sessel, hielt ein Bündel Geldscheine und war ungefähr fünfzig Jahre alt. Volles graues Haar, das er erheblich länger trug, als man damals allgemein tolerierte. Ein Künstler, oder einer, der für einen Künstler gehalten werden wollte. Eva stellte ihn als Posaunisten aus dem Orchester des Stadttheaters vor. Er taxierte mich als könnte er mich kennen. Eva, stehend zwischen ausgehender Jugend und angehendem Alter, zählte die Geldscheine, mir schien, es waren über 2000 Mark.

„Zum Glück nur ein alter Mann", sagte ich, als Eva den Musiker hinausbegleitet hatte. „Für einen Moment habe ich befürchtet, du hast Besuch von deinem Pferd."

„Er ist das Pferd", flüsterte Eva. Dann laut: „Er *war* das Pferd." Sie war klug genug, nichts erklären zu wollen. Der Abend verlief sich in Unverbindlichkeit. Als ich ging, ein inständiger Blick hinauf zum Balkon.

Kein Kaktus, keine Nackte.

Es folgten drei Tage (plus Nächte) Weltschmerz vom Feinsten. Nur die Post konnte noch helfen. Und half.

Ich erhielt einen Brief.

Bis auf den heutigen Tag habe ich nur den Absender gelesen. Eva Bauer.

Den Inhalt des Briefes malte ich mir in zusagenden Farben: Eine Art Entschuldigung, eine einleuchtende Erklärung. Ich hätte alles nur falsch verstanden. Ohne etwas zu lesen, glaubte ich meiner Eva, *wollte* ihr glauben.

Wozu den Brief noch öffnen?

Im Konzertbüro erfuhr ich, Eva sei kurz in Paris, für den späten Abend würde sie zurück erwartet. Ich stand wie ein Empfangskomitee am Flughafen. Mit Rosen.

An diesem Abend, es war Freitag, fanden wir uns für immer, sprachen über alles Mögliche, Paris und das Wetter eingeschlossen. Nur über Briefe und Pferde sprachen wir nicht, hatten sowieso keine Zeit, über irgendetwas zu sprechen. Wir versanken ineinander.

Die heikle Liaison, das Wagnis einer Beziehung zwischen Anfang Zwanzig und Anfang Dreißig, sollte beginnen. Es paarten sich Eva und Adam, zugleich Wissen und Unerfahrenheit, Hingabe und Pläsier, Geduld und Neugier. Zauber und Trieb. Oder *Mutter und Sohn*?

Heute sehe ich ein, ich habe mir den Altersunterschied klein geredet. Tatsächlich beträgt er nicht sieben Jahre, sondern sieben Jahre *Krieg*. Die Erfahrungen aus der Kindheit können nicht unterschiedlicher sein. Ich, der Adam, wuchs behütet auf, Eva musste zur Überlebenskünstlerin werden. Ihre Eltern sterben kurz vor Kriegsende. Eva überlebt, mit ihr die Geschwister, ein Zwillingspärchen im Alter von vier Jahren. Sie stehen vor den Trümmern, unter denen ihre Eltern soeben begraben wurden. Wissen das aber nicht. Noch ist Fliegeralarm. Nachbarn und Fremde versammeln sich, unter den Fremden ein Mann, halb in Zivil, halb uniformiert. Er trägt einen Stahlhelm, die Hose gehört zu einem Schlafanzug. Angst hat der Mann. Zwei Gründe für seine Angst streifen heran. Feldgendarmen, *Kettenhunde* in der Sprache der Soldaten. „Hier steckt das feige Schwein", wird gerufen. „Fahnenflucht", flüstert der Hauswart. Aus der Ferne hört man Explosionen. Evas Geschwister weinen. „Hau doch ab, du Idiot", zischt einer der Kettenhunde dem Fahnenflüchtigen zu. Der glaubt an seine Chance, ergreift sie, kommt zehn Meter weit, schwankt, stürzt. Der Kettenhund hat ihn niedergeschossen. Im nächsten Moment wendet sich sein Kamerad an die Umstehenden. „Jeder mal hier unterschreiben", befiehlt er. „Alle sind Zeugen. Der Feigling wollte fliehen."

Sie könne doch gar nicht richtig schreiben, soll Eva geschluchzt und ihre Geschwister umarmt haben.

Adam hat wohl meinen Brief gelesen und verstanden, denn er hat nichts mehr von meinem Pferd und so erwähnt. Gut, dass ich ihm geschrieben habe. Er weiß jetzt, ich habe jemandem ausgeholfen, als er total pleite und am Ende war, weil seine Frau ihn verlassen und die Kinder mitnehmen wollte.

Ich habe Adam erzählt, was ich noch nie jemandem erzählt habe: Die Sache mit dem Fahnenflüchtigen. Wie das war. Und wie ich in Sekunden erwachsen wurde. Der Krieg vorbei, es gibt da Fotos aus aller Welt. Feuerwerk? Konfetti, Jubel, Fahnen, Wildfremde liegen sich in den Armen? Stunde null? Nicht bei uns. Es war die Zeit, als Kinder ihre Eltern am meisten brauchten, als es keine Zuständigkeiten gab und keine Ämter, die sich um die Überreste eines Weltverbrechens kümmerten. Ich, siebenjährig, musste meinen vierjährigen Geschwistern ab sofort große Schwester, Geborgenheit und Jugendamt sein. Wir kletterten über Trümmer. Stahlen einem Soldaten seine Brotration. Er konnte sich nicht wehren. „Ist er tot? fragten die Zwillinge. „Bei Soldaten sagt man, er ist gefallen." Auf einmal sprach ich wie unser Vater. Eine Frau, der Dienstkleidung nach Busfahrerin, interessierte sich für uns. „Mutti und der Papa sind bei der Brandbombe, damit sie aus geht", sagte ich. „Unser Haus war plötzlich weg. Wir suchen Tante Clara. Sie wohnt ne-ben dem viereckigen Turm." Die Busfahrerin findet tatsächlich das Haus, es steht noch. Die Tante liegt – zitternd in ihrem Bett. „Nein, keine Kinder", hat sie gejammert. „Wir bleiben hier!" habe ich gesagt. Und sie hat gehorcht. Und ich war kein Kind mehr.

49

Die Zwillinge wurden Wochen später von der *Inneren Mission* in ein Heim an der Nordsee vermittelt. Eva blieb bei der Tante, einer Frau, die sich im Lärm der Vergangenheit verloren hatte, einer friedfertigen Gegenwart traute sie nicht mehr. Eva musste sich allein auf die Ungewissheit eines Lebens vorbereiten. Im Ergebnis ohne vorzeigbaren Schulabschluss, erhielt sie dennoch die bestmögliche Ausbildung in den entscheidenden Schulfächern: Lebenserfahrung, Einsicht, Hintergedanken, Charme, Skepsis, Überlebenswillen. Dazu eine Überdosis Schnoddrigkeit. Und die Fähigkeit zu lieben. Man könnte meinen, Eva habe das *Eigenverantwortliche Arbeiten* (abgekürzt EVA) vorweg genommen, jene Lernmethode, die Schlüsselkompetenzen, beispielsweise durch Projektarbeit, fördern soll. Leben als Projektarbeit.

Eva blieb ohne Abschlusszeugnis, ohne Abitur.

Trotzdem schafft sie es, dem Geplauder, selbst eines Staatssekretärs, standzuhalten. „Meinen Sie wirklich?" verunsichert sie ihn im Theaterfoyer. Dazu Stirnfalten, anschließend Lächeln als Gnadenerweis. „Das könnte man auch ganz anders sehen", hält sie ihm vor. Der Staatssekretär, was kann er nun sagen? Trägt er das Risiko, weiß seine Gesprächspartnerin mehr als er?

Eva traute sich, redete mit.

„Soll ich mir den Spaß verderben?" wird sie später zu einem Herrn, den sie Adam nennt, sagen. „Man muss nur begriffen haben, andere wissen auch nichts."

Gemischter Chor

„Ich *muss* nachhause", sagt sie und weint, weil sie glaubt, ihren Partner deshalb verlassen zu müssen. Die Frau will nachhause. Nur weiß sie nicht, wo das ist.

Da er die Wahrheit über das ‚Nachhause' der Frau entdeckt zu haben wähnt, wird der Mann beim nächsten Arztbesuch darauf bestehen: „Sie sucht keinen bestimmten Ort. Nachhause ist ihr eine Metapher für das Leben vor der Demenz." Die Frau sehne sich nach ihrer Vergangenheit, nach Aktivität, Erfolgen, will Frieden finden. Wie üblich, ist sich der Arzt da nicht so sicher. „Es könnte natürlich auch sein, dass…", gibt er sich vage.

Ein Arzt muss nicht selber an Scharlach erkranken, um die Krankheit behandeln zu können. Er weiß, was da zu tun und zu verordnen ist. Bei Demenz dagegen rät der Arzt selten, was zu tun, eher, was zu unterlassen ist, und er experimentiert mit der Verordnung von Medikamenten. Man kann es ihm vermutlich nicht vorwerfen. Hat er Nacht für Nacht schlaflos neben einer ruhelosen Frau gelegen? Jemals einen Geburtstag gefeiert, der erst in Monaten ansteht, über Menschen und Adressen debattiert, die es nicht gibt? Ihm vorwerfen, sich nicht auf der Tanzfläche der Unwirklichkeit bewegen zu können?

51

Eintrag in Evas Tagebuch:

Macht mir Sorge (oder Hoffnung?). Adam. Er sagt es nicht so direkt, aber ich spüre, er denkt über unseren Altersunterschied nach.
Ich auch. Wer von uns muss besorgter sein? Er nicht.
Und ich etwa? Ich bin in dem Alter, so einen Jungen aufdrehen und happy machen zu können.
Genügt das?
Was wirklich für mich sprechen könnte: Ich bin keine Frau für die Ehe, sondern mehr fürs Leben. Altersunterschiede spielen in der Ehe eine Rolle, nicht so sehr im Leben. Außerdem: Unsere lieben Politiker versuchen ja gerade, die Ehe als Bündnis auf Zeit zu erlauben, kündbar wie ein Job. Hat man eben was Prickelnderes gefunden.
Nicht so bei uns?
Immerhin, wir sind keine Ehe. Sondern ein Team. Nix mit heilig und so. Wir werden zusammen leben, konzipieren, arbeiten, schlafen. Bei ,Team' fragt keiner nach dem Alter. Nicht innerhalb und nicht außerhalb des Teams. Team klingt entspannter als Ehe. Im Team fühlst du dich nicht so allein wie in den Ehen, die ich kenne. Und übrigens: Faselt man nicht oft von ,eheähnlichen Verhältnissen'?
Wir könnten ein ,eheähnliches Team' werden…

WIESBADEN ALSO – HAUPTSTADT. Diesmal mit der Bahn. Ein gemischter Chor fuhr mit, fast sechzig Mitglieder, für sie war eigens ein Sonderwagen, 1. Klasse, angehängt worden.

Mein Job bestand darin, Dokumente bereit zu halten und aufzupassen. Die Mitglieder des Chors, eines *gemischten* Chors – Frauenstimmen, Männerstimmen – sollten zusammenbleiben, aber nicht zu eng, den Sonderwagen auf keinen Fall verlassen.

Nichts ist einfacher, stellte ich mir vor.

Ein Abteil war für mich reserviert, an der Tür *Reiseleitung*. Ich kam mir angemessen bedeutend vor. Endlich mal Odysseus. Von einem Zeus namens Goldberg zur Irrfahrt verflucht, leitete ich Reise, zog mich in mein rollendes Reservat zurück. Heute wollte ich einen Roman entwerfen, tollkühn, diesmal sollte es kein Fragment bleiben, Auftrieb und Zerfall eines Unternehmens aus der Kulturszene: Konzertbüro als Homestory, etwa 200 Seiten. Diskretion. Der Geschäftsführer hieß nicht Goldberg, sondern Silbertal. Denn die Branche ekelte sich vor Publicity, die auf Tatsachen oder Wahrheiten beruht, das forderte Fälschung, Abstand zur Wirklichkeit und einen gewissen Zauber. Deshalb würde ich etwas völlig Neues, das Gegenstück zum Zukunftsroman schreiben, heutige Probleme in der Vergangenheit lösen, meine Erzählung mit Vorkommnissen und Personen aus der griechischen Antike aufmischen, und… Eva würde mich vergöttern.

53

Ich Göttergleicher.

In diesem Sinne begann ich zu schreiben. Zunächst das Vorwort. Schrieb man noch Vorworte? Der Zweifel überwog. Also schrieb ich:

Anstelle eines Vorworts

Es ist erst Jahrtausende her, da dehnten sich entlang der Küsten des Mittelmeers Wälder, Kleinstaaten und Unzucht. Einfache Bräuche und Kultur überwogen, Zivilisation und Lifestyle warteten noch. Herrscher wie Odysseus und andere betrieben keine Park- oder Camping-, sondern Kriegsschauplätze. Reisen wurden von Göttern mit Hilfe von Flüchen organisiert, Seefahrern konnte passieren, dass sie einer Zauberin ins Bett gerieten: „Mein Lieber", heißt es in einer zeitgenössischen Leseprobe, „so stecke dein Schwert ein und lass uns zusammen unser Lager besteigen, damit wir, beide versöhnet durch die Freuden der Liebe, hinfort einander vertrauen" (Vgl. Homer, Odyssee, 10. Gesang). Keine Möglichkeit, sich bei einer Reiseleitung zu beschweren. Stattdessen wurden auserwählte Reisende von Göttern mit einem Fluch zum Weiterreisen belegt.

Götter und Flüche gibt es heute nicht mehr.

Denkt man.

Statt der Götter werden Vorstände verehrt und Generalsekretäre. Sie wähnen sich in demokratisch legitimierter Allmacht, ihre Einflüsse reichen weiter als die von Göttern und Göttinnen.

Andererseits gibt es Reiseleiter, Religionen und Gewerkschaften, die das Leben ordnen. Denn Flüche sind den neuen Göttern nicht gegeben.

Denkt man...

An dieser Stelle versagten sich meine Gedanken dem Schreibfluss. Ich vernahm einen gemischten Chor: Gekicher im Sopran, triebhafter Alt, betrunkener Tenor, Befriedigung aus dem Bass. Ich verließ meinen Gefechtsstand, sah nichts. Hörte aber deutlich: Im Dunkeln wurde statt der Kantate die Orgie geübt. Ich inspizierte den Sonderwagen. Fast alle Abteile leer. „Stell dir das nicht so einfach vor", Eva am Telefon, sie hatte mich gewarnt. Und nun? Das Konzertbüro musste ich wohl vergessen. Eine Sopranistin wankte heran. „Der ganze Zug ist fast leer. Zur Unkeuschheit leer." Sie gackerte und küsste dem Bariton, den sie im Schlepp hatte, die Finger. „Nichts über einen Kirchenchor", lallte der, „wenn er dermaßen gemischt ist." Ich war entschlossen, dem Pärchen den Weg zu versperren. „Lass doch" im Sopran. Die Sängerin war blau bis zur Opferbereitschaft. Per Handgriff schob der Bariton mich zur Seite. „Freiheit ist zum missbrauchen da – sonst hat man ja nichts davon." Ich ließ es geschehen. Verstand besiegt Anstand. In Wiesbaden wurde die Überlegenheit eines Kirchenchors deutlich. Die Chormitglieder standen vollzählig auf dem Bahnsteig. Und murmelten einen Dank. Dank, wenn auch anders begründet, erreichte sogar das Konzertbüro. Ein Brief. Man wolle künftig nur unter meiner Leitung reisen.

„Adam im Glück", sagte Eva.

Zum Weekend fuhren wir nach Tannbuch.

<u>*Eintrag in Evas Tagebuch:*</u>

Ziemlich blöde, diese Idee. Wir sind nach Tannbuch gefahren. Kleinstadt, auf nervende Art fantasievoll. Adam hat mich dort, ohne Vorwarnung, seinen Eltern vorgestellt. Er ist stolz auf mich, angeblich. Und eben noch jung.

Partner trifft prospektive Schwiegereltern. Unser Altersunterschied hat die pikante Situation auf den Kopf gestellt. Es war als wäre Adam das unschuldige kleine Mädchen, ich der Fremde, Bräutigam in spe.

Adams Eltern waren überrascht, dann neugierig und enttäuscht. Ich, der Eindringling. Die Mutter hatte sich eine Frau in der Nähe ihres Sohnes nur als Verführerin vorstellen können, wollte mich nicht wahrhaben. Schon gar nicht als sie hörte, dass wir nicht heiraten werden. Ihr Gesicht hart, als sie uns ihre Ehe als das größte Heil malte, als sie schilderte, wie um ihre Hand angehalten wurde (zum Glück nicht nur um ihre Hand. Sonst hätte ich jetzt keinen Adam). Der Vater war vor allem höflich. Konnte aber seine Enttäuschung nicht verbergen. Vielleicht hatte er den Sohn bereits als hohen Staatsbeamten gesehen — mindestens, wenn schon nicht vermeidbar, als berühmten Schriftsteller.

Auf der Terrasse hinter dem Haus, Blick über das bewaldete Tal, gab es Kaffee und einen Rest vom selbst gebackenen Käsekuchen. Und das übliche Verhör. Fehlte nur die Frage ob ich in der Lage sei, den Sohn zu ernähren.

Adam tat mir hinterher leid.

Er hatte es sooo gut gemeint. Und dann war es sooo peinlich

„BIN ICH VERRÜCKT?" fragt die Frau. *Angst* spricht dabei mit, körpersprachlich. Will Sie eine Antwort oder vergisst sie die Frage gleich wieder? Eben hatte der Mann sie gebeten, ihr gebrauchtes Taschentuch nicht in den Becher mit dem Rest Pfefferminztee zu stopfen. Vorwurfsvoll, manchmal vergisst er sich noch.

„Sag doch schon, bin nicht verrückt? Weil ich solche Sachen mache?"

Was wird der Mann antworten?

„Wie kommst du auf verrückt?"

Will er Zeit gewinnen für eine Antwort, befriedigend, erschöpfend und nicht verletzend?

„Natürlich bist du nicht verrückt."

„Was sonst?"

„Du bist", ringt er um eine Lösung, „du bist nicht verrückt, sondern schon etwas alt."

„Alt?"

Darf man einer Frau sagen, sie sei alt? Rasch korrigiert er sich, beschönigt: „Du würdest ja auch nicht mehr am 100-m-Lauf bei den nächsten Olympischen Spielen teilnehmen, oder?"

„Nein", sie schaut ihn dankbar an. Eine Frau, die lieber alt ist.

Pflegestufe

Das Klingelzeichen ist von Mozart, der Anruf kommt von einer alten Freundin. Von einer, die es weiß, ganz genau, überhaupt alles, das Unwichtigste sowieso:

Pflegebedürftigkeit, weiß sie, sei im weiteren Sinne eine Krankheit, allerdings eine mit finanziellen Möglichkeiten – sofern es gelingt, der Pflegeversicherung gegenüber glaubhaft zu machen, dass die Patienten einer intensiven Pflege bedürfen. Der Mann hört staunend zu. Jedermann scheint sich da auszukennen, nicht nur alte Freundinnen. „Vor allem hast du darauf hinzuweisen, dass Eva betreut werden muss, rund um die Uhr. Anziehen, ausziehen, waschen, sogar, vergiss das nicht, waschen im Intimbereich. Auch auf Inkontinenz hinweisen. Lass dich von mir beraten. Aus der Eva ist Geld zu schlagen. Geld, das euch zusteht." Als Lohn für geschicktes Taktieren, überzeugendes Lamentieren winke eine *Pflegestufe*. Bares Geld.

Nach zwei Jahren, inzwischen schreibt man 2012, ist der Mann soweit: Er akzeptiert, dass seine Partnerin dement ist, dass etwas geschehen muss.

Eine Rolle bei seinem bisherigen Zögern spielte auch die Angst zu versagen: Nicht vor dem medizinischen

Dienst der Krankenkassen, nicht vor irgendwelchen Sozialen Diensten, nicht vor Gott. Banale Furcht vor seinen Freunden und Verwandten war es, als Versager dazustehen, der bei der Pflegeversicherung nicht alles herausgeholt hat.

Nun sitzt der Mann am Fenster (draußen finden Reste des Winters statt), bedient die virtuelle Tastatur seines iPads. Beschäftigt sich abwechselnd mit Formulierungen, einem Brief an die Pflegeversicherung und dem Tanz der Schneeflocken. Neben ihm die Frau, den Mund leicht geöffnet. Im Sessel ist sie eingeschlafen.

So entstehen Anträge auf eine Pflegestufe.

Gar nicht einfach, zumal bei der Diagnose *Demenz*. Denn 2012 gilt die sogenannte Minutenpflege. Gutachter prüfen, penibel nach einem Zeitschema, wie viel Hilfe der Patient braucht. Minutenweise wird zugunsten einer Pflegestufe erfasst, wieviel Zeit für Zähneputzen, Haarwäsche, Zubereiten und Verfüttern des Essens etc. aufzuwenden ist. Zusätzlich verwirrend für Nichteingeweihte: Erst in ein paar Monaten, im Juni 2012, wird der Deutsche Bundestag in zweiter und dritter Lesung ein Pflege-Neuausrichtungs-Gesetz (PNG) beschließen, das wiederum erst Ende Oktober in Kraft tritt, wobei zu berücksichtigen ist, dass noch weitere Regelungen in Kraft treten werden, so dass dieses Gesetzeswerk frühestens im Januar des Folgejahres zur Gänze geltendes Recht ist.

Immerhin sieht das PNG *insbesondere eine deutliche Erhöhung der Leistungen für demenziell Erkrankte in der ambulanten Versorgung vor sowie eine Ausweitung der Wahl- und Gestaltungsmöglichkeiten für Pflegebedürftige mit ihren Angehörigen, beispielsweise durch die Einführung von Betreuungsleistungen und die Möglichkeit der Vereinbarung von Zeitkontingenten neben den verrichtungsbezogenen Leistungskomplexen in der ambulanten Pflege.* Versteht sich.

Der Mann traut sich trotzdem. Heißt: Herr Bauer stellt für Frau Bauer einen formlosen Antrag. Die Versicherung reagiert korrekt. Schreiben an *Herrn und Frau Bauer:* Man wird einen Gutachter vom Medizinischen Dienst der Krankenkassen schicken.

Während er überlegte, gelegentlich schrieb und gelegentlich verwarf, ist die Frau aufgewacht. Sie scheint jetzt öfter das Gefühl zu haben, der Mann würde Gelegenheiten ihrer Abwesenheit gegen sie missbrauchen. „Ich will sehen, was du geschrieben hast." Er reicht ihr das iPad.

Da die Sehfähigkeit der Frau nachlässt, hat sie Mühe, Buchstaben zu erkennen, erst Recht hat sie Schwierigkeiten, den Text im Zusammenhang zu verstehen.

„Danke", reicht sie das iPad zurück.

Das sagt die Frau jetzt oft: „Danke." Selbst für Alltägliches gibt es ein *Danke:* Der Mann küsst sie auf der Straße. Früher hätte sich die Frau abgewandt. „In unserem Alter!" Vorwurfsvoll. Jetzt sagt sie: „Danke."

Oder: Der Mann besteht darauf, die Zähne müssten geputzt werden, er reicht, zwingt ihr fast die Zahnbürste in die Hand.

„Danke."

Der Mann sieht sie an, zärtlich bis begehrlich.

Magst du mich?" fragt sie.

„Ich bin verrückt nach dir, das weißt du doch."

„Danke."

Er schaut sie an: "Ich liebe dich."

„Danke", sagt sie.

Irgendwann erkennt der Mann, dass es sich nicht um eine Floskel handelt, sondern um Danke für das, was sie am meisten braucht: Zuwendung, Anteilnahme.

„Danke."

Oder: „Wusste ich nicht, aber…" Das sagt sie genauso häufig. „Wir sind verheiratet?"

„Verlobt. Seit vielen Jahren."

„Wusste ich nicht. Aber nett."

Bei einer anderen Gelegenheit: „Ich habe Hunger."

„Sag nur, schon wieder? Weißt du noch, wir haben vor einer Viertelstunde gemeinsam die Teller abgeräumt." *Weißt du noch?* Manchmal vergisst der Mann: Sätze, die mit *Weißt du noch?* anfangen, sind unfair.

Auf Anraten des Internets beginnt der Mann *möglichst sofort mit dem Führen eines Pflegetagebuchs.* In diesem dokumentiert er *so umfassend wie möglich die erbrachten Pflegeleistungen und Hilfestellungen.* Das Pflegetagebuch sei nämlich eines der wichtigsten Belege für den Nachweis des tatsächlichen Pflegebedarfs. Doch soll es nicht um Hilfe gehen, die aufgrund geistiger Einschränkungen, etwa die Folge von Demenz, erforderlich wird. Nur körperliche Gebrechen sind 2012 anrechnungsfähig.

Schmerzlich für den Autor, auch wenn sich nur um ein Pflegetagebuch handelt – als der Gutachter kommt, wird es keines Blickes gewürdigt. Auch sonst kommt es anders. Der Abgesandte des medizinischen Dienstes winkt ab, als Sprüche deklamieren werden sollen. Die kennt er, weiß: „Ihre Frau ist hilflos, stimmt's? Sie bedarf rund um die Uhr der Betreuung, Sie müssen sie waschen, den Intimbereich nicht zu vergessen, anziehen und ausziehen, das Essen für sie kochen *et cetera.* Das wollten sie doch sagen, oder?". Es kommt, so gut es geht, zu einem Gespräch mit der Frau, zu einem Gang durch die Wohnung, Eine Stunde später verabschiedet sich der medizinische Dienst. Es sei noch viel zu tun heute.

Er hat es verpatzt, glaubt der Mann.

Nach Tagen erhalten Herr und Frau Bauer Post.

Pflegestufe eins.

Der Mann ruft eine alte Freundin an. Sie wird es weitersagen.

<u>Eintrag in Evas Tagebuch:</u>

Was man im Konzertbüro nicht weiß: Adam und Eva, wir sind inzwischen ein Team. Eines mit paradiesischen Merkmalen – in der Zeit nach der Sache mit dem Apfel.
Sie nennen es ein ‚Verhältnis‘.
Adams Jugend ist ansteckend. Für mich in doppelter Hinsicht. Ich genieße, wie Anfang zwanzig zu sein, und gleichzeitig erfahren wie Ende zwanzig.
Darf ich Adam den Mädchen seines Alters wegnehmen?
Zu spät.
Heute, kein Zufall, hatte sich fast die komplette Mannschaft des Konzertbüros um den Konferenztisch im 17. Stock aufgebaut. Neugier, man konnte sie riechen. Adam sollte examiniert werden. Er hatte keine Ahnung, ich wollte ihn vorwarnen. Da kommt dieser Goldberg, legt die rechte Kralle auf die Lippen, sieht gestreng um sich, kein Wort bitte.
Ich konnte nichts mehr für Adam tun.
Die Sache nahm ihren Lauf.

WIR, ADAM UND EVA, korrekter: Eva und Adam, hatten Bad Homburg wohl zur Zufriedenheit des 17. Stockwerks erledigt. Das Konzertbüro fragte an, ob ich noch einmal…

Nur zu gern.

Diesmal Bonn, das war damals Bundeshauptstadt.

„Wieder mit Eva?" fragte ich. Hastiger als ich wollte.

„Wieder mit Eva." Eine Stimme, so beruhigt man kleine Kinder.

Eva erwartete mich im Flur des Siebzehnten. „Schnell, wir haben keine Sekunde. Ich muss dich vorwarnen. Der Thomas, weißt du, Thomas Adler." Eva verschwendete die Sekunde, die wir nicht hatten, mit einem Kuss. Da steckte Goldberg seinen Kopf aus der Tür zum Olymp. „Es geht los", rief er.

„Scheiße", verzweifelte Eva.

Ahnungslos folgte ich Goldberg. Der Olymp war gefüllt, nicht nur mit Göttern. Goldberg stellte mich seinem Mitgesellschafter vor. Der sah mich an, fragte übergangslos: „Was würden Sie, junger Mann, mit der Börse machen, wenn es kein Geld mehr gibt?".

Börse? Was sollte die Frage? Ich wusste nicht, worauf er hinauswollte. Meine Antwort auf gut Glück: „Ich würde Zettel bunt bedrucken, würde sie nicht Zettel, sondern Derivate nennen und erklären, es handele sich um Wertpapiere.

„Nicht besonders originell. Sind Sie Banker?"

„Niemals."

„Na gut. Und was fällt Ihnen zu einem Bordell ein, wenn es keinen Sex mehr gibt?

„Ich würde die Bordelle in Museen umwandeln. Studenten zahlen die Hälfte. Nichts soll in Vergessenheit geraten, nicht einmal Sex."

„Ein interessanter Gedanke. Und was schließlich würden Sie mit einem Geheimdienst machen, wenn es keine Geheimnisse mehr gibt?"

Ich würde die Behörde zu einem öffentlich-rechtlichen Medium aufrüsten. Die Teilnehmer, möglichst alle Erdbewohner, sollen den Rest an Desillusion einatmen. Es gibt noch so viel Nichtgesendetes: Der Sonntagsgottesdienst als kommentierter Bericht wie beim Fußball, das Bundeskanzleramt im Liveticker, eine Parlamentssitzung als Talkshow, der geheime Untersuchungsausschuss als Hörspiel. Man soll erleben, wie langweilig Wichtigkeit ist, wie motivierend, wenn alles unwichtig wird.

"Fast ein Dichter", resümierte Adler spöttisch. „Trotzdem: Sie werden Ernie und Eva nach Bonn begleiten."

Der Adler hatte gesprochen.

Nachträglich erfuhr ich, eine Art Eignungstest bestanden zu haben. Diesmal sollte ich nicht nur den Chauffeur, sondern auch den Mitautor geben. Insgesamt ging es um die Tournee eines aufgehenden Sterns der *Comedy*. Um Ernie. Der hatte sich ausgedacht, als Pförtner des Bundeskanzleramtes aufzutreten und dort nachts nebenher das Telefon zu bedienen. So hatte er das Privileg, mit Potentaten, Staatschefs und Präsidenten zu sprechen, bevor er sie mit dem Kanzler verband: Ideal für staatstragende Missverständnisse, weitsichtige Besserwissereien und tölpelhafte Regierungskunst. Das nötige Feuer bekam die Szene allerdings erst durch höchste Aktualität. Dazu mussten Tagesereignisse in die erfundenen Dialoge einfließen, einige Textpassagen daher täglich umgeschrieben werden.

In der Praxis verlief das so: Fahrt zum nächsten Tourneeort, Ernie im Fond des Wagens liest sich durch einen Stapel Zeitungen, bietet Nachrichten an, wir diskutieren, ob sich daraus eine Pointe, mindestens ein Gag machen ließe. Ernie hatte sich dafür einen Mitreisenden ausgebeten, der keineswegs prominent, aber zu einem gewissen Grad geistreich und humorbegabt sein durfte. Diesen Grad erreichte ich wohl.

Wir wurden eine ergiebige Truppe. Eva als Anführer, sie hatte nicht nur Einfälle, sondern auch den Mut, die von Ernie – mit seiner Erlaubnis auch von mir – formulierten Texte aufzuschreiben. Mut deshalb, weil sie die Kunst vorwegnehmen musste, einen Laptop auf den Knien zu balancieren, obwohl ihr nur eine klotzige Reiseschreibmaschine zur Verfügung stand.

So erreichten wir Bonn. Dort, wurde uns zugetragen, würde Ernie vor Zuschauern auftreten, unter denen sich auch ein Bundesminister befand. Also hatten wir ein Telefongespräch zwischen dem Pförtner im Bundeskanzleramt und diesem Minister in Ernies Auftritt eingebaut. Das Publikum johlte, es glaubte, der Mann auf der Bühne hätte keine Ahnung, dass sein fiktiver Gesprächspartner nur wenige Meter vor ihm saß. Umgekehrt genoss der Minister, dass er, gleich nach dem englischen Premier, wie selbstverständlich in dem Programm vorkam. Er hatte keine Ahnung, dass uns seine Präsenz verraten worden war.

Am Ende der Vorstellung sah man den Minister im Foyer, gut gelaunt im Gespräch mit einem Redakteur des Generalanzeigers. Eva erkannte die Chance und lud die beiden in die Künstlergarderobe. Beim Abschminken, das kenne man aus einschlägigen Spielfilmen, käme es oft zu einem lebhaften Gedankenaustausch, namentlich über Kultur. Der Minister war entzückt, inzwischen hauptsächlich von Eva, und improvisierte eine Gegeneinladung. Spontan wurde – beim Minister und bei Rheinwein – der Ernie für den Redakteur so bedeutend, dass von nun an mit gebührender Publicity für einen Schützling des Konzertbüros zu rechnen war.

Nächtliche Rückfahrt durch Bonn. Die Hotelküche hatte bereits geschlossen. Nach der Einladung bei einem richtigen Bundesminister waren wir hungrig genug, um im Hauptbahnhof stehend eine lauwarme Bratwurst und ein nächtlich pappiges Brötchen zu essen.

Danach fand statt, was ich mir als eine meiner schönsten Erinnerungen bewahre. Ich durfte mein Zimmer unbenutzt lassen. Eva, wenn sie nicht allein sein wollte, war überwältigend.

Am nächsten Tag: Frühstück, Ernie zum Flughafen, Rückfahrt. Wir gerieten in einen Stau. Kilometerlanges Warten. Die Insassen der Autos vor und hinter uns schlossen bereits Freundschaften.

Ich bewunderte derweil das Blatt, das eine Birke verließ, um sich in ein paar Regentropfen auf unserer Windschutzscheibe zu baden. Folgerichtig bemerkte ich nicht, dass die Sonne eine Lücke in den Wolken nutze, um uns mit Abendgold zu überschütten.

„Scheiße." Geduld ist nicht Evas Stärke.

Ich habe eine Idee. „Wie wäre es mit einer Fete?"

„Eine Staufete?" höhnt sie.

„Nein, eine Verlobung."

„Wer gegen wen?"

„Du gegen mich!"

„Muss man danach heiraten?"

„Eine formvollendete Hochzeitsnacht genügt."

„Du spinnst."

„Wieso? Wir verloben uns eben."

„Jetzt? Hier?"

„Warum nicht? Neben Kilometerstein 100 kann sich jeder verloben. Aber wir stehen neben der 77. Die 7 soll bekanntlich Glück bringen. Uns erwartet es zweifach."

Eva ist hinsichtlich ihrer Gemütszustände wie ein Chamäleon. Sofort ist sie dabei, spielt mit, streckt den zutreffenden Finger in die Luft.

„Meinen Ring bitte", lächelt sie mir ins Gesicht, Tränen schwimmen in ihren Augen. „Und ein Taschentuch, bitte." Sie drückt meine Hand und schwört, diese Hand nie mehr loslassen zu wollen. „Außer beim Essen", fügt sie aus irgendeinem Grund hinzu. Lange Pause. Der Stau trinkt Bier, wir ertrinken in Gefühlen.

„Wer hatte eigentlich mehr Glück, dass wir uns kennenlernten?" Die Frage fällt mir gerade ein.

„Du natürlich", weiß Eva. „Du kriegst eine erfahrene Frau, ohne heiraten zu müssen. Sind wir jetzt ganz richtig verlobt?"

„Wenn du meinen Antrag annimmst."

„Ich nehme." Zögern. „Gibt es eine Probezeit?"

„Du weinst ja."

„Quatsch. Meine Augen schwimmen gerade – im Glück herum."

Sie schmiegte sich an mich, als wenn sie nicht schon über Dreißig wäre.

Eine, *meine* Gelegenheits-Romantikerin.

„DIE ERINNERUNG ist das einzige Paradies, aus dem wir nicht vertrieben werden können." Jean Paul, Dichter, Publizist, Pädagoge, ein Deutscher, der Johann Paul Friedrich Richter hieß, schrieb das drei Jahre vor seinem Tod. Natürlich wollte er keinem Reklametexter für Bestatter einhelfen. Er meinte schlichten Trost: Der Tod könne das Leben, nicht jedoch die Erinnerung an den Toten auslöschen. Was aber, wenn Erinnerungen den Kopf verlassen, wenn Lebende aus ihren Erinnerungen vertrieben werden? Wären dann nicht diese Erinnerungen genau das Paradies, aus dem Menschen offenbar doch vertrieben werden können? Millionenfach?

Ist leben ohne Erinnerungen die bessere Chance? Lebt die Frau jetzt auf eine andere Weise, in einer anderen, dennoch sehr möglichen Wirklichkeit? Wie lebt es sich ohne Erinnerung? Was könnte ihr Verlust bewirken? Zu was taugt Erinnerung?

Dafür interessiert sich der Mann jetzt.

Ihm ist aufgefallen, dass die Frau im Restaurant nicht mehr die Speisekarte studiert. Stattdessen: „Such *du* mir was aus." Was der Mann anfangs für Bequemlichkeit, womöglich für Lethargie hält, hat offenbar andere Ursachen: Kann es sein, dass *Wiener Schnitzel samt warmem Kartoffelsalat*, dass *Vitello tonato* oder *Lachsfilet vom Grill* aus der Erinnerung der Frau getilgt sind? Erinnerte sie sich nicht? Kann man vergessen, wie gegrillter Lachs, wie die Speisen sonst so schmecken. Und wie lebt es sich dann?

Der Mann, ein Laie, wissbegierig, würde sich gern das Unvorstellbare vorstellen. Die Zukunft, überlegt er, eine Schublade, ungeöffnet, noch ohne erkennbaren Inhalt, schlummert für Unsereinen im Ungewissen. Die Vergangenheit dagegen, ist wie Fels in der Brandung, solider Erfahrungsschatz, unveränderbar. Was also, fragt sich der Mann versuchsweise, wenn Vergangenheit auf einmal wie Zukunft im Dunklen liegt? Und was, wenn mit den Erinnerungen auch belangreiche, unverzichtbare Erfahrungen verloren gingen?

Seinen Versuchen, Kontakt zu der Frau zu behalten, sich ihre Welt vorzustellen, fügt er den virtuellen Rollentausch hinzu: Stellt sich vor, dass *er* so einer ist, der ohne Erinnerungen, in ihm unbekannter Umgebung lebt, unselbständig, ohne zu wissen, wer er ist. In diesem Zustand glaubt er, inmitten unbekannter Vergangenheit und ebensolcher Zukunft, nur noch die extrem kurze Zeitspanne des *Jetzt* zu überschauen. Wie in einer Nussschale auf einem Meer aus vergeblicher Zeit. Nur Gefühle, die Protagonisten des Jetzt, sind geblieben.

Der Mann, neurologisch oder pflegerisch ein Amateur, fasst einen Entschluss, für den nicht alle Verständnis haben. Er wird andere Prioritäten setzen als gern für richtig gehalten werden. Liebenswert soll die Frau vor allem erscheinen. Routinemäßige Vorsorgeuntersuchung beim Zahnarzt, ein Loch im linken Socken, der kleine Fleck auf ihrem Schal, die etwas zu langen Fingernägel?

Wenn schon. Wie kannst du nur, die Frau, in diesem Mantel, zumal aus diesem Anlass? Von solchen Vorhaltungen wird er sich nicht mehr gängeln lassen. Wertvoll ist, dass die Frau stressfrei leben kann, dass sie Recht hat – was immer das kranke Gehirn ihr einflüstert und ihre zu tun eingibt. Der Mann fühlt sich nur zuständig, dass sie möglichst glücklich ist. Er will begeistern, mitreißen. Ein Peer Gynt, Münchhausen, Peter Pan. Auch mal, das Risiko geht er ein, Don Quichote. Die Pflege sei ihm keine Last, sondern eine Erfahrung, die bereichert, die er anderen voraushat.

Nicht Pfleger, er wird Komplize: Pflege auf Augenhöhe. Der Mann macht die Demenz zum Abenteuer, zum Erlebnis in Gemeinsamkeit.

„Nachher kommen die Leute", sagt die Frau. „Ich habe Geburtstag."

„In zwei Monaten, Liebes."

Sie hält ihm ihre Armbanduhr entgegen, drohend. „Kannst du die Uhr nicht lesen?"

Um Kontakt zur Partnerin zu halten, muss er lernen, dass Wirklichkeit nicht relevant, die Wahrheit wertlos ist. Muss vor allem lernen, nicht zu widersprechen. Auch wenn die Frau ihre längst verstorbenen Eltern, *meine Leute* sagt sie dann, an einem Ort besuchen will, den sie nicht benennen kann und nach dem sie deshalb eine Nachbarin befragt, die verängstigt die Tür zuschlägt.

„Keiner wird es Ihnen danken"

„Ich bewundere Sie", erfährt der Mann, ohne darum gebeten zu haben. Sein Zeitungshändler sieht nicht aus, als wenn er sich oft Zeit nimmt, jemanden zu bewundern. Er ist damit beschäftigt, Lebensunterhalt zu verdienen, Cent für Cent. Außer Magazinen und Zeitungen, von denen er selbst nur eine gelegentlich durchblättert, verkauft er Heftchenromane, Zigaretten. Und Süßigkeiten. Wenn die Schule nebenan aus ist, nehmen Kinder von seinem Laden Besitzt. Lautstark. „Einen roten Lutscher, nein lieber den grünen. Ach, Waldmeister? Was ist ein Waldmeister? Dann doch den roten oder… lieber den gelben? Schmeckt der nach Coca-Cola?" Marktwirtschaft um die Ecke, der Zeitungshändler gehorcht. Rot, grün, gelb, alles für ein paar Cent. Seine Lippen; redselig ist er ohnehin nicht, bewegen sich wie die eines Fischmauls. Kunden denken sich seine Schweigsamkeit als Bereitschaft zuzuhören. Dafür lieben sie ihn und kaufen bei ihm.

Zigaretten. Oder BILD. Oder Süßes.

Obwohl er anfangs Schwierigkeiten hatte, mit Leuten über die Demenz seiner Partnerin, schon gar über *Krank-*

heit zu reden, heute berichtet der Mann seinem Zeitungshändler. Er spricht von einem *Leiden*. Schämt er sich? Demenz klingt nach Verlierer. Seine Partnerin, erläutert der Mann, als sei es ein Geständnis, vergäße bisweilen sogar seinen Namen. *Der Herr, der immer da ist*, nenne sie ihn dann. Der Zeitungshändler amüsiert sich, lacht, schluckt, entschuldigt sich. „Keine Ursache", sagt der Mann, „über Alzheimer vermag oder braucht man keine Witze zu machen, das Leiden produziert sie selber." Der Zeitungshändler lacht nicht mehr, wenngleich er jetzt dürfte. Dann sagt er das mit der Bewunderung, schweigt wieder, will sich erklären. Nein, er bewundere nicht die Selbstlosigkeit, sondern die Arglosigkeit, denn: „Niemand wird Ihnen das danken. Sie verlieren nur Jahre ihres Lebens." Dass er damit nicht Recht hat, obwohl es zutrifft, gehört zu den Geheimnissen der Demenz und hilft dem Mann nicht.

Erstaunlich wenige Mitmenschen, erfährt er, haben Verständnis oder Bereitschaft zu verstehen. Die Ausrede, jetzt zeige sich, welches die echten Freunde sind, ist billig. Nicht jeder begreift oder will wahr haben, dass und wie man auf demente Menschen eingeht – noch dazu, wenn der oder die Demente zwischendurch unerwartet reagiert. Aggressivität macht Angst. Soll man sich das antun, hat man nicht eigene Sorgen? Einer, den er früher

Freund genannt hätte, läuft dem Mann heute über den Weg. Er betreue, sagt der Passant gehetzt, eine demente Verwandte. „Zwei Neurologen, drei Diagnosen", klagt er. Nichtsahnend, dass sich sein Gesprächspartner in der gleichen Situation befindet, fügt er hinzu. „Sie haben ja keine Ahnung. Die Freunde? Weg sind sie. Was sollen sie auch mit Leuten, die nie Zeit haben, um mit ihnen was zu unternehmen? Nicht einmal baden, wie früher im Baggersee vor der Stadt!" Er ergänzt seine Empörung um eine Erfahrung, die er eine *brutale Wahrheit* nennt: „Nackt baden schon gar nicht." Dann fragt er, ob es nicht verständlich sei, wenn er an ihren Tod denkt.

Der Mann lernt, dass es Angst vor Demenz gibt. Furcht vor unerwarteten Reaktionen, vor Dunkelheit der Gedanken, dem Unbekannten. Im Park, zwei Bänke neben ihm, die Leute kennt er, ein flüchtiger Gruß, dann hört er: „Der Mann kann einem leidtun." Hört weiter: „Eigentlich ja ein starkes Stück, fast eine Zumutung gegenüber den Mitbewohnern im Haus. Mir jedenfalls wäre es unheimlich, wenn ich der Frau Bauer bei uns im Treppenhaus begegnete." Dann noch Mitleid, Mitleid mit sich selber. „Und wenn die Frau den Herd einschaltet? Und vergisst auszuschalten? Das ganze Haus könnte abbrennen. Gibt es nicht Gesetze? Dürfen Alzheimer in einem Miethaus leben? Es gibt doch Pflegeheime."

Jemand verliert seine Erinnerungen. Verliert er mit den Erinnerungen seine Würde? Er verliert seine Beziehung zu so genannten Tatsachen, schafft sich eigene.

Wahr ist, was sich im Kopf der Partnerin des Mannes befindet. Eine Tasse geht zu Bruch – die Frau besteht darauf, sie hat sie nie berührt. Die Handtasche wird nicht gleich gefunden – die Frau besteht darauf, sie ist gestohlen. Die Teekanne ist leer – sie hat keinen Tropfen getrunken.

Als der Mann den Laden des Zeitungshändlers verlässt, spricht ihn eine Frau auf der Straße an. Unsicher lehnt sie an einer Kastanie, müde ihr Blick, ungepflegt ihr Aussehen, mindestens 80 Jahre alt. Der Mann kennt sie nicht, sie kennt ihn nicht. „Seit drei Tagen und Nächten", ruft sie ihm zu, „habe ich mit niemandem gesprochen. Kein Briefträger, kein Besuch, niemand, dem ich es sagen könnte: ALTER IST SCHEISSE." Bevor der Mann zustimmen kann, bekräftigt die alte Dame ihr Urteil mit einem Fußtritt gegen die Kastanie, stürzt dabei, bleibt liegen. Ihr Wimmern versiegt. Der Mann fingert sein Handy aus der Hosentasche. Ruft den Rettungswagen und hat Schwierigkeiten, dem Notarzt klar zu machen, dass er die Gestürzte gar nicht kennt, nein, ihren Namen auch nicht. „Hat sie denn noch etwas gesagt, bevor sie die Besinnung verlor?" fragt ein Sanitärer.

„Ja", sagt der Mann. „Sie missbilligte das Alter."

NACH AUSSICHTSREICHEM Abschluss des Studiums, kam für Adam alles anders. Adam, ich also, hatte daran gedacht zu promovieren. Doch nicht zuletzt durch Nebenjobs und bleibenden Evas Wunsch, ich möge wiederkommen, hatte sich das Studium in die Länge gezogen. Ich war inzwischen Siebenundzwanzig. Kein Alter, um weiterhin in einer WG zu hausen. Eva hatte die Idee. Statt zu einem Doktortitel kam ich zu Eva. Wortwörtlich. Ich zog mitsamt meinen Habseligkeit in Evas Wohnung ein. Platz genug. Eva war ohnehin viel auf Reisen.

1972 war es ein sehr lösbares Problem, an einen Job zu kommen. Schwieriger auch damals schon: einen Job zu ergattern, für den man nicht überqualifiziert war.

In der Redaktion vom *Wochenblatt* wurden Mitarbeiter gesucht. Wochenblatt, das ist anscheinend kostenlose Second-Hand-Information. Ich bewarb mich. Legte einen Text als Arbeitsprobe bei, und zwar das Vorwort, das ich in Begleitung eines gemischten Chors während der Fahrt nach Wiesbaden verfasst hatte. Zur Erläuterung schrieb ich, es handele sich um den Prolog zu einem Roman an dem ich zurzeit arbeite.

Ich erhielt eine Einladung zur Vorstellung bei einem Walter Müllerhaus, der als Chefredakteur unterschrieb. Ging hin und stand vor einem vielsagenden Verlagsgebäude. Hier erschien das linksliberale *Tageblatt*. Man wollte wie üblich, das unterbezahlte Verlagsgeschäft mit einem unbezahlten Anzeigenblatt abrunden. Dessen Redaktion aber fand in schmucklosen Räumen im Nordflügel statt. Zwei Büroräume, einer für den Chefredakteur.

Er ließ mich eine halbe Stunde warten.

Das Vorstellungsgespräch begann wie ein Verhör. Der Delinquent kam einstweilen nicht zu Wort. Das Wochenblatt, schwärmte Müllerhaus, existiere dank der großartigen Idee, die Menschen kostenlos zu informieren. In den letzten Jahren sei es zu einem Gründungsboom gekommen, die Gesamtauflage übertreffe hierzulande bereits die zehn Millionen. Mir wurde bewusst gemacht, dass hier großer Journalismus produziert, jeder Anzeigenkunde durch so genannte Verbrauchertipps gehätschelt, vor allem aber gespart und daher der Aufwand für die Erstellung des redaktionellen Teils in Grenzen gehalten werden muss. „Damit Sie sich erst gar keine Flausen in den Kopf setzten", meinte Herr Müllerhaus.

Im Hintergrund, wie am Katzentisch, hockte ein unscheinbares Mädchen, bereit, alles mitzuschreiben. In den 1970ern genierte man sich noch, ein Mikrofon aufzustellen.

„Ihr Name", werde ich endlich gefragt.

„Bauer. Kenneth Bauer."

„Kenneth? Klingt ziemlich gut", meinte Müllerhaus. „Schreiben Sie auch Glossen?"

Im weiteren Gesprächsverlauf wurde ich vom Volontär zum freien Mitarbeiter heruntergespart.

Ich entschied mich für Glossen, deren Inhalt ich beiläufig in einer von mir geschätzten Umgebung ansiedelte: in der griechischen Mythologie. Überschrift *Sehnsüchte der Penelope*. Jeder in der Stadt wusste, dass die Frau des Oberbürgermeisters (wie die von Odysseus) Penelope hieß. Der Oberbürgermeister freilich trat in meinen Glossen niemals auf. Stattdessen ein Luftikus, der Abend für Abend seiner Frau Penelope zuhören musste. Sie nervt ihn mit dem heruntergekommenen Schwimmbad, mit fehlenden Fahrradwegen, der Arroganz von Lokalpolitikern, mit zu wenigen Frauen in der Stadtregierung, der Unverschämtheit eines Mitglieds der städtischen Bühnen, der öffentlich einen Baum im Stadtpark anpinkelte. Die Leser meiner Glossen mussten der Penelope Recht geben, fühlten aber auch mit ihrem genervten Ehemann. Meine Schreiberei löste etwas aus, dass in der Redaktion des kostenlosen Wochenblatts bislang unbekannt war: Leserecho. Eine übergeordnete Redaktionskonferenz entschied daher, dass ich künftig im Tageblatt schreiben sollte.

„Diese Ignoranten", regte sich Müllerhaus auf. „Sie geben dem Neuen, der Zukunft, keine Chance. Aber bitteschön, sollen Sie im Verein mit dem abonnierten Journalismus untergehen."

Eva, so war sie, erkannte nur Vorteile: „So kannst du nebenher weiter für das Konzertbüro tätig bleiben." Sie behielt Recht. Wie gewohnt.

79

DER MANN, NUR KURZE ZEIT war er fort, Brötchen einzukaufen, hört Stimmen im Wohnzimmer. Zwei Frauen. Die eine mit Plastiktüte voller Drucksachen und lila Feder am Hut. Mit ausgeschnittener Bluse, aber ohne Oberweite die andere. Beide reden auf die Partnerin des Mannes ein. „Beten Sie. Sagen Sie keine vorgereimten Gebetssprüche auf", drängt die violette Feder. „Lassen Sie sich nicht von frommen Dichtern belehren. Beten Sie. Beten heißt nicht, Gereimtes nachzuplappern. Beten bedeutet sprechen, mit IHM sprechen."

Die Partnerin sitzt verstört in ihrem Sessel, schweigt am ganzen Körper.

„Ist denn da niemand, mit dem Sie reden könnten? Kein Gott, kein Schöpfer, an den Sie glauben?."

In diesem Moment schreitet der Mann ein. „Sie glaubt an *mich*. Meine Hand wird mit ihrer Hand reden." Und was die Damen hier zu suchen hätten?

„Ihre Frau ließ uns herein. Wir bringen den Glauben."

„Glaube oder Einbildung?" fragt der Mann, so außer sich ist er. Die Damen machen sich auf die Flucht, missionieren aber noch im Gehen. „Sie werden im entscheidenden Moment, vielleicht im *letzten* entscheidenden Moment, nicht allein sein. Wenn Sie mit jemandem reden. Helfen sie sich, reden Sie, wenn es nicht anders geht, mit sich selber. ER wird es hören"

Die Frau will wissen, was los ist. Sie zittert.

Events

Der Mann, wie früher, trifft Menschen, die ihn nach seiner Meinung fragen. Über andere Menschen, über politische, ökonomische, kulturelle Begebenheiten und so. Immer öfter jedoch, fällt ihm auf, wird er vergebens befragt. Er hat kaum noch Meinungen, staunt mitunter über die ihm gestellten Fragen, und was sich die Welt so einfallen lässt. Der Mann spürt, er ist von gebräuchlichen Informationen abgeschnitten.

Zeitunglesen? Die Frau fühlt sich übergangen, sobald er die Zeitung aufschlägt, deren Inhalt sie nicht mehr versteht und die sie als Konkurrenz um die Zuwendung des Mannes empfindet.

Also Fernsehen?

Früher gern, heute sitzt die Frau, abweisend ihre Haltung, vor dem Apparat. Als könne sie durch den Bildschirm hindurchsehen. Es fällt ihr schwer, im raschen Wechsel der Szenen den roten Faden zu behalten. Musik, die Übertragung ganzer Konzerte inklusive, bildet die Ausnahme. Der Mann begründet das späte Interesse der Frau für Klassik mit Zusammenhängen: Das Gesicht des Gustavo Dudamel, seine Gestik, Bilder von Musikern, ihren Instrumenten, der stetige Fluss, Zauber der Musik.

Dagegen die Nachrichten: Fetzen aus gestellter Wirklichkeit, Gesichter von gestern, Größenwahn gegen Hilflosigkeit, Idylle als Geschäftsmodell. Regierungschefs, Könige und Potentaten gruppieren sich wie zum Klassenfoto. Unbegreiflich. Dem Unverständnis folgt Ruhelosigkeit, Verwirrung, Angst. Es ist, als gelinge der Frau, was von gesunden TV-Teilnehmern ignoriert wird. Sie fasst das Fernsehprogramm, Nachrichten, Kino, Talk, Show, Weltmeisterschaften, zu einem Chaos zusammen. Zur Bedrohung. „Mach das bitte aus", fordert sie unwirsch, „ich kann nicht mehr." Muss man erst, fragt der Mann sich hämisch, dement werden, um temporäre Inkompetenz, die Anmaßung, die Ratlosigkeit zu durchschauen? Oder fühlt sich die Frau neben dem Fernsehen nur einfach überflüssig?

„Darf ich jetzt schlafen gehen", bittet sie, „zeigst du mir das Zimmer mit meinem Bett?" Demenz und Medienkonsum passen nicht zusammen. Demente erwarten Zuwendung; Medien dagegen, speziell der Fernseher, *fordern* diese Zuwendung. Andere Muster von Kommunikation werden belangreicher. Hände informieren sich streichelnd, Berührungen werden wie Gedanken getauscht. Neue Wichtigkeiten im Niemandsland zwischen Innigkeit und Entsetzen: Wessen Hände sind wärmer, cooler. Zärtlichkeit sowieso. Und ein Hauch Erinnerung, den man, wortwörtlich, in der Hand hält. In der Hand des anderen.

ALS ICH DREIUNDDREISSIG WURDE, Adam und Eva zehnjähriges Jubiläum begingen, lief unserem Leben ein Zufall über den Weg. Oder umgekehrt?

Der Zufall hieß jedenfalls Jaime.

Unser Leben, was den Beruf betraf, hatte sich längst auf das Konzertbüro konzentriert. Dort hatte es Auseinandersetzungen und Veränderungen gegeben. Kompagnon Adler trieb den Streit auf die Spitze, Goldberg siegte. Alle warteten, was er als Nächstes tun würde.

Er stellte mich fest ein. Goldberg war überzeugt, es sei seine, aber es war Evas Idee.

Als Chauffeur, studierter Publizist und Literaturwissenschaftler füllte ich Lücken in den Abläufen seines Konzertbüros. Schrieb Presseinformationen im Stil des gehobenen Kulturbetriebs, Geistesblitze für Referate, die Goldberg anschließend aus dem Stegreif zu halten schien oder ehrliche bis scheinheilige Glückwünsche zu den Auftritten von Sängern, Solisten, Schauspielern oder Comedians, mit denen sich das Konzertbüro früher oder später eine Zusammenarbeit wünschte.

Eva machte mich mit den mehr handwerklichen Seiten des Kulturgeschäfts vertraut. Von ihr lernte ich auch wie ein Veranstalter zu denken und, wo Denken nichts half, abzuschätzen, wieviel Geld es kosten würde oder dürfte. Gemeinsam mit Goldberg diskutierten wir Auffälligkeiten und Umschwünge im geschäftlichen Umfeld.

Immer häufiger nutzten, kauften Unternehmen, Parteien, Regierungen sich Kultur für ihre Absichten. Sie sprachen nicht von Künstlern und kulturellen Veranstaltungen, sondern von Stars und Events. Durften wir daran vorbeigehen?

Ein für das Konzertbüro untypischer Auftrag kam unseren Überlegungen entgegen: Von ihrem Headquarter in Brüssel aus, wünschten die europäischen Ableger eines international agierenden US-Konzerns, eines so genannten *Global Players*, die Lieferung eines Festes. Kein Kleinkram. Keine Nutten. Nie Dagewesenes. Kultur. Europas Bedeutung für die Globalisierung sollte ins Bewusstsein gefeiert werden, sie habe nicht erst im 19., sondern bereits im ausgehenden 15. Jahrhundert mit der *europäischen Expansion* über den Planeten Erde begonnen.

„Globalisierung und Kultur?" Wir haben den Zusammenhang nicht gleich verstanden. Brüssel vereinfachte ihn: „Es geht um, tja… wir möchten unseren Kunden und Bossen in Amerika mal zeigen, was Europa ist. Nicht nur ein Absatzmarkt. Kultur eben."

Goldberg gab trotzdem grünes Licht.

Da sich unsere Auftraggeber die Sache etwas kosten lassen wollten, begaben wir uns auf Besichtigungstour. Ein geeigneter Ort in Europa? Eva schlug Venedig vor, ein frühes europäisches Handelszentrum. Ich die Stadt Bremen, stellvertretend für die Hanse, den mittelalterlichen

Kaufmanns- und Städtebund. Wir reisten und recherchierten. Das Ergebnis hieß weder Venedig noch Hansestadt. Sondern Barcelona. Hier wurden wir fündig. Genau genommen in einem minimalen Tourismus-Center an der Rambla, noch genauer genommen bei Jaime, einem sommersprossigen Schlitzohr, der auf etwa 16 Quadratmetern, zwischen Stadtplänen und drei Telefonen Sightseeing und Shoppingtouren organisierte.

Jaime durchschaute sofort, worauf es ankam. Er hatte sich gewissermaßen auf Imponiergehabe gegenüber transatlantischen Touristen spezialisiert. „Im Mittelalter", sprudelte seine Litanei zum Thema *Barcelona für Amerikaner*, „war die Stadt ein Handelszentrum. Bankkrisen und Handelsbeschränkungen? Alte Hüte. Die gab es hier schon im 15. Jahrhundert. Nicht zu vergessen Columbus, der leibhaftige Entdecker Amerikas, er begrüßt die Besucher von einer Säule am Hafen. Dazu Kultur ohne Ende. Die Bauwerke des *Modernisme*, der katalanischen Spielart des Jugendstils. „Sagrada Familia, Casa Mila, Park Güell, *art nouveau*, na Sie wissen schon."

Als wir Jaime informierten, dass unsere Gäste Ende September erwartet würden, sprang er auf, strahlte bodenlos. „La Mercé!", und wir erfuhren: La Mercé sei ein Spektakel, das die schmalen Straßen im *Barri Gòtic*, dem gotischen Viertel von Barcelona, mit schriller Festlichkeit füllt.

Und zwar Ende September.

<u>Eintrag in Evas Tagebuch.</u>

Das gotische Viertel von Barcelona (katalanisch **Barri Gòtic***) ist ältester Stadtteil Barcelonas, das Zentrum der Altstadt. Im Mittelpunkt des Viertels befindet sich La Catedral (die gotische Kathedrale). Außerdem das Ajuntament de Barcelona (Rathaus) und der Palau de la Generalitat (Sitz der katalanischen Regierung). Das ‚Barri‘ ist auf römischen Grundmauern erbaut. Denn ursprünglich besiedelt wurde das Gebiet zu Zeiten von Kaiser Augustus. Es gibt noch Überreste der römischen Stadtmauer. Die Jahrhunderte brachten viele Veränderungen. Im 14. und 15. Jahrhundert, war Barcelona eine bedeutende Seemacht, bis heute ist das ‚Barri‘ lebendig konserviertes Mittelalter. Die Straßen sind eng, verwinkelt, ein romantisches Labyrinth. Historische Bauten, winzige Plätze, Gassen randvoll mit Atmosphäre. Oft öffnen sich die Sträßchen zu lauschigen Plätzen. Und hoppla, natürlich gibt es auch eine ‚Seufzerbrücke‘, hier ist sie neogotisch.*
Und alles ein wenig unwirklich. Unwirklich wie eine wirkliches Paradies. Hier fällt ein Paar, Jüngling Adam mit einer alten Eva, gar nicht auf. Und erst dieser Jaime. Ein Schatz und ein Geschäftsmodell.
Es gibt schon alles. Unser Job wird es sein, Unternehmen und Begabungen kreativ miteinander zu verbinden.
Eine Abteilung im Konzertbüro. Virtuelles Unternehmen, geleitet von einem virtuellen Ehepaar.

DIE FRAU WILL NICHT NUR VOM PARTNER gepflegt, sondern auch wohltuend entspannt werden. Früher haben sie gelegentlich *Monopoly* gespielt, was heute zu kompliziert wäre. Aber einfachere Spiele, beispielsweise Domino? Der Mann muss feststellen, dass auch er nicht alle Erinnerungen aus der Kindheit parat hält. Die Grundregeln bei Domino, wie war das noch? Wer bekommt wie viele Steine, welcher darf wo angelegt werden? Was ist mit den Doppelsteinen? Und gibt es da nicht diesen *Talon*, wozu der nun wieder?

Die alte Freundin, die sich so gut mit Pflegestufen, Intimbereichen, Taktieren gegenüber der Versicherung und so auskennt, weiß selbstverständlich Bescheid. Weiß sogar noch besser: „Warum spielt ihr nicht lieber *Memory*? Da wird zugleich das Gedächtnis trainiert."

Stimmt. Und nicht nur das Gedächtnis, auch der Hausfrieden profitiert. Der Mann findet heraus, was den Reiz des Spiels für die Frau vollkommen macht. Also lässt er sie meistens gewinnen. Erweitert dabei seine Erfahrung, dass die Wirklichkeit – auch vom therapeutischen Standpunkt – irrelevant ist und Widerspruch in unvorteilhaften Situationen oder Szenen endet.

Der Arzt, beim nächsten Besuch zu den im Spiel gewonnenen Erkenntnissen befragt, bleibt neurologisch zurückhaltend. Er lächelt, überwiegend zustimmend.

Wie denkt man an sich selber?

Allerhand, staunt der Mann, was sich Mitmenschen zwecks Anteilnahme am Verfall seiner Partnerin einfallen lassen. Zwei Phrasen begegnet er besonders häufig. Eine Gedankenlosigkeit. „Jedenfalls", heißt es da, „können Sie froh sein, dass es nicht Krebs ist." Die andere: „Nehmen Sie es sich nicht so zu Herzen, Herr Bauer. Sie sollten lieber auch mal an sich selber denken."

Aha.

Wie denkt man an sich selber?

Was denkt und tut jemand, der *auch mal an sich selber* denkt? Entzieht er sein Denken und Handeln den anderen Menschen? Richtet sich das *Auch-mal-an-sich-Denken* etwa gegen die Frau, seine Partnerin? Läuft es auf einen Überlebenskampf hinaus. Du oder ich?

Sollte er endlich in Betracht ziehen, nach eigenem Belieben zu leben? Und den ihm anvertrauten Pflegefall einem diesbezüglichen Heim überstellen?

Du darfst dich nicht aufgeben, heißt es dann wieder, du wirst noch gebraucht. Für die Pflege? Soll er etwas für sich tun, um gesund zu bleiben, damit er weiterhin ein guter Pfleger ist? Andere nicht in Anspruch nimmt?

Oder soll er Geld und Fitness sparen, damit er sich hinterher, vielleicht auf einer Weltreise oder mit einer anderen Frau, entschädigen und erholen kann?

Hinterher? Was wird so ein *Hinterher* zu bieten haben? Verglichen mit bisher, wird der Mann einsam sein. Verbraucht, dazu unerfahren, ohne Partnerin zu leben. Wird er, nunmehr ohne Motivation, aktiv zu bleiben, in Altersweisheit und Ruhebedürfnis abgleiten?

Gibt es für den Mann ein Ziel in dem Sinne, dass er irgendwann, hinterher „*Wenn alles vorbei ist*" dort fortfahren kann, wo es begann, als seine Partnerin ungewollt den Weg verließ und einen eigenen betrat? Längst ahnt der Mann, es wird nichts geben, an das sich schnell mal anknüpfen ließe. Er wird lediglich um Jahre erleichtert, um Erfahrungen gealtert sein.

Kann sein, dass er ,dann' den verlorenen Erlebnissen, seinen letzten Gelegenheiten nachtrauert, frei gelebt zu haben. Kann aber auch sein, es gibt die Belohnung in Gestalt eines guten Gewissens. Wird er , je liebevoller, sensibler er jetzt die Frau pflegt, je engagierter er seinen Job macht, umso entspannter, zufriedener, opulenter den Rest seines Lebens ,hinterher' zubringen können.

Der Mann entscheidet sich für eine außerplanmäßige Lösung. Er hat vorzusorgen. Für den Fall, dass nicht die Frau, sondern *er* zuerst abtritt – in den Sonnenuntergang reitet, wie der Mann das nennt.

SEPTEMBER IN BARCELONA. Blauer Himmel, weißliche Wolken, milde Sonne, naive Eventgäste.

Obendrein Glück zum Erfolg.

Schon die einleitende Stadtrundfahrt beförderte unerwartetes Lob: Ein Texaner beflüsterte Eva: „Hey Baby. Euer Architekt, dieser Antoni Gaudí, diese abgefuckten Häuser. Bloody marvellous wie Disney-World."

Anschließend, zur Kultur passend, ein Festvortrag in Räumen der wirtschaftswissenschaftlichen Fakultät der staatlichen Universität. Der Redner skizzierte einleitend die Geschichte der Alma Mater. Vor über 550 Jahren sei sie gegründet worden von Alfons V. von Aragon, genannt *el Magnànim* (der Großmütige), Sohn und Nachfolger Ferdinands des Gerechten. Ein paar Eventgäste ließen sich nicht durch Shopping abhalten, sondern nahmen sogar am Festvortrag teil und hörten zu. – Mal was Anderes als diese Präsidenten in Washington.

Zu schweigen vom Bankett am Abend: Jaime hatte, von irgendjemand als Gegenleistung für irgendetwas, die Genehmigung erhalten, den Innenhof eines mittelalterlichen Bauwerks zu nutzen. Weiß lackierte runde Tische für jeweils zwölf Personen. Nach dem Essen wurde der Tisch, an dem der oberste Boss samt den umsatzträchtigsten Kunden speiste, zur Tanzfläche für den Flamenco. In den Beifall für die Tänzer mischten sich Böller und Feuerwerk. Die Festgäste, damals dachte noch niemand spontan an Terrorismus, liefen hinaus, sahen und hörten in den Gassen feuerspeiende Drachen, ausgelassene Menschen, Musik, die aus dem kulturellen Erbe Kataloniens schöpfte, Tanz und Teufel.

Gegen Morgen, wir konnten nicht schlafen und auch sonst unser Hochgefühl nicht in Taten umsetzen, murmelte mir Eva ins Ohr. „Weißt du, Sie kennen *La Mercé* nicht. Ich glaube, sie haben das Spektakel als Teil des Umfangs unserer Lieferung angesehen." Evas Verdacht bestätigte sich.

Per Fernschreiben erreichte uns Dank, speziell für die *brilliant performance of the nightshow in the streets*. Per Luftpost erreichte uns (aus Toledo im US-Bundesstaat Ohio) eine Zeitungsseite aus *The Blade*. Das Blatt berichtete über das großartige Fest eines ortsansässigen Konzerns in einem romantischen kleinen Ort, angeblich in Europa. Er soll Barcelona heißen.

Unserer Eventabteilung, Goldberg gab ihr seinen Segen, ging von da an in interessierten Kreisen ein Ruf voraus, den stets zu erfüllen wir nur beten konnten.

Aber wir hatten ja Eva.

Es lebe die Albernheit! Wenn er happy ist, bastelt Adam an seinem Roman. Neulich, wegen unsres Erfolgs in Barcelona, wollte er unserem Jaime darin ein Denkmal setzen. Wie nur?

„Was passiert gerade?" fragte ich.

Adam brachte mich auf den aktuellen Stand. Die Führung im fiktiven Konzertbüro erhält eine Organisationsstruktur. „Und zwar nach dem unvergesslichen Vorbild der Götter auf dem Olymp. Man ist unter sich, Göttervater Zeus, vier seiner Geschwister und sieben seiner Kinder. Ausschließlich Familienangehörige, darunter fünf weibliche, eine gute Quote. Was mir jetzt noch fehlt, ist ein reiselustiger Typ, zugleich ein Gott oder Außenminister."

Ich musste nicht lange überlegen. „Auf dem Olymp hatten sie doch diesen Hermes. Den Tausendsassa." Ich zählte auf: Schutzgott des Verkehrs, der Reisenden, der Kaufleute und Hirten. Andererseits Gott der Diebe und Kunsthändler, der Redekunst und der Gymnastik – bis hin zur Magie. Als Götterbote verkündete er Flüche und Beschlüsse des obersten Olympiers und führte zwischendurch die Seelen der Verstorbenen in die Unterwelt.

„Und du meinst, unser Jaime…?", fragte Adam.

„Und ob! Das geborene Multitalent. Er erfüllt alle Voraussetzungen – außer natürlich der Familienzugehörigkeit."

Adam grinste. Er schrieb ein paar Zeilen, gab sie mir zu lesen: ‚Einstimmiger Beschluss: Die für Strategien zuständige Frau Athene, die niemals eine Liebesbeziehung einging und als prüde galt, muss den Jaime heiraten…'

WIEDER SITZT DER MANN am Bett der Frau. Seit Jahren, kommt es ihm vor, sitzt er dort. Schon immer? Eigentlich glaubt er nicht an die Na-Ja-Variante von Optimismus, die sich ein *Na ja, wird schon alles besser werden* einredet. Er hängt dem angriffslustigen Optimismus an: Es wird böse kommen, aber es ist zu packen.

Sie hat ihn begleitet, überlegt er, oft geführt. In sein Leben, durch sein Leben. Jetzt ist es umgekehrt. Ein Junge, eben im Rentenalter, führt eine, die vor der Zeit zur Greisin verfiel. Sie lächelt, wieder teilnahmslos. Hilflos? Der Mann beugt sich über sie. Er ist ihr physisch ein Fremder geworden. Vertraut zwar, aber es ist ihr peinlich, von ihm berührt zu werden. Körperliche Liebe, das Gefühl zusammen zu gehören, zusammen zu sein, die Frau erinnert sich nicht.

Oder vielleicht doch? Im Traum?

Seit einiger Zeit spricht sie im Schlaf. „Pass bitte auf", hört der Mann. „Ich möchte zurzeit kein Kind."

Der Mann, jetzt hellwach und in der Stimmung, die feuchte Augen macht, er ist gerührt. Plötzlich muss er daran denken, dass alles, Musik von Mozart, das *Warten auf Godot*, die *Mona Lisa*, das Heiligtum *Machu Picchu* eines Tages nur Erinnerung, dann nicht einmal mehr Erinnerung sein werden – bestenfalls Staub im Weltall.

Anerkannte Foltermethode

Zwölf Monate vergehen, quälend schnell für den Mann. Seine Nächte beginnen seit Monaten gegen sechs Uhr nachmittags. Um sechs, mit *Gute Nacht* und *Schlaf gut*, wie bei den Kindern von nebenan.

„Ich bin krank", glaubt die Frau. „Bringst du mich ins Bett? Meine Leute, die mich ins Bett bringen wollten, sind nicht gekommen. Du kannst hier neben mir schlafen", bittet, verlangt die Frau. „Heute wenigstens."

Heute? Seit Wochen schläft der Mann neben ihr, hat gelernt, um sechs zu Bett zu gehen. „Kein Licht bitte." Es soll dunkel sein, die Frau tarnt sich mit Dunkelheit, Angst hat sie. „Ich will nicht gesehen werden wenn diese Männer kommen".

„Welche Männer, Liebes?"

„Leute, ich hab sie gesehen, sie wohnen hier."

„Was für Leute?"

Keine Antwort. Stille. Bis sie fragt „Wie schläft man ein?" Der Mann tut, als schlafe er schon. Zwecklos.

„Warum sagst du mir nicht, wie man einschläft?"

Er schweigt, weil er eine Antwort sucht. Minutenlang Ruhe. Hat sie selber die Antwort gefunden?"

„Hilfe!" erst geschrien, dann dreimal gewispert.

„Was ist passiert, Liebes?"

„Wo warst du?" Die Frau greift nach seiner Hand. „Was soll ich nur machen? Sag mir doch, wie man einschläft. "

Er bewährt sich als Notlügner: „Weißt du, die Frage ist so gut, dass wir morgen mit erfrischtem Kopf darüber nachdenken sollten. Sagtest du nicht, dass du schon sehr müde bist? Ich schlage vor, jetzt schlafen wir erst mal."

„Ja", sagt sie erleichtert, „warum schlafen wir nicht einfach?" Sie ist wie befreit, dreht sich um.

Dreht sich zurück. „Schlaf gut."

Es ist abends (spätnachmittags?) um sieben. Draußen lehnt sich die Sonne in die Abenddämmerung. „Ich wollte dir was sagen." Die Frau fasst sich an die Stirn. „Aber es ist weg. Nur Kopfschmerzen sind geblieben." Reste von Erinnerungen? Noch mal „Schlaf gut." Fünf Minuten später noch einmal: „Schlaf gut." Stille. „Wo ist deine Hand?" Erneut Stille, diesmal lang genug, dass der Mann einnicken kann. Aber: „Hast du…, ich habe keine Tasche."

„Keine was?"

Sie braucht ein Taschentuch. Zwei Päckchen liegen neben ihr.

Bevor er einschlafen darf, spürt der Mann warmen Atem an seinem Ohr. Eine Stimme. „Ich will zum Brot."

„Hast du Hunger?" Sie isst in letzter Zeit wenig – aber häufig.

„Zum Brot."

Es ist halb drei.

Der Mann tappt in die Küche, ein Jogurt holt er, einen Löffel.

Die Frau sagt „Danke", dann verzweifelt „NEIN".

Nervöser Disput. Immer häufiger findet sie die Wörter nicht, verwechselt sie einfache Begriffe. Der Mann hat gelernt, auf phonetische Ähnlichkeiten zu achten. Lösung und Erlösung. Nicht zum Brot will sie – zum *Klo*. Als man zurückkehrt. „Wo ist der Mann, der immer hier schläft?" Dass er selber das sei, erklärt ihr der Mann. „Wusste ich nicht", sagt sie, will dann nicht gleich ins Bett, sondern ans Fenster. „Die Straße kenne ich", sagt sie und will, dass der Mann die Wohnungstür aufschließt. „Fahren wir?" möchte die Frau wissen. „Geht es nicht endlich weiter?" Sie will *Leute* fragen, was los ist. Also im Nachthemd ins Treppenhaus, Blick ins Dunkel, zum Glück niemand da. Der Mann fragt sich, wie ein nächtlicher Heimkehrer reagieren würde, der zufällig doch da wäre. Später, im Halbschlaf, hört der Mann „Schlaf gut." Rührung packt ihn, er küsst seine Partnerin. Ein hilfloser Kuss.

Am Einschlafen gehindert zu werden, soll eine, auch unter Geheimdienstlern anerkannte, Foltermethode sein. Bald wird es um vier dunkel sein. Werden die Nächte dann um vier nachmittags beginnen?

DIE ‚EVENTABTEILUNG' IM KONZERTBÜRO
entwickelte sich – überwiegend erfolgreich. Ein paar Beispiele sind mir in Erinnerung geblieben.

Für einen der ersten Aufträge beugten wir uns der hinfälligsten Variante des Zeitgeistes und predigten Wachstum. Ein weltbekannter Markenartikler bestellte die passende Show zur Motivation seiner Außendienstler, damals ‚Vertreterkonferenz' genannt. Das Projekt geriet uns unsäglich edel und abgehoben: Der Markt als Muster für Wachstum in der Natur. Gärtner mit Schürzen, Harke und Gießkanne besangen die Kunst der Kundenpflege. Von Marketing als *Medium der außerbetrieblichen Mitbestimmung durch die Konsumenten*, war die Rede. Goldberg nahm an der Generalprobe teil. „Großartiges Geschwätz", fand er. „Albern und peinlich. Weiter so."

Tatsächlich wurde die Show an weitere Großunternehmen verkauft.

Ebenso erfolgreich: In Alaska, ausgerechnet Alaska, entdeckten wir einen Zauberer, der sich auf Messen, Parteiveranstaltungen und Kirchentagen – als Publikumsmagnet oder Philosoph, je nachdem – verkaufen ließ. Goldberg, auf den Geschmack gekommen, untersagte lediglich, den Zauberer als Jesus auftreten zu lassen, der vorgab, Wasser zu Wein machen zu können.

Allerdings: Mit Sportevents und Sportlern hatten wir kein Glück. Wir kamen nicht zusammen. Die Funktionäre dort waren uns voraus, cleverer, rücksichtsloser.

DER MANN HAT TALENT, daneben zu greifen. Endlich folgt er dem Rat der Wohlmeinenden und sucht das Gemeindehaus auf, wo sich „Betroffene" zusammenfinden. Hört sich Angebote der Gemeindeschwester an. Dann eine erbarmungslose Gläubige und weshalb der Schöpfer die Demenz in die Welt geschickt habe: Eine Prüfung sei es, Bestrafung für Sünden. Der Pfarrer unterbricht genervt.

Andere Teilnehmer geben sich erlöst. Dem Mann aber hilft das nicht. Er wird zornig.

Die Betreuung der Partnerin, motiviert er sich grimmig, fordere nicht Selbstverleugnung, sondern Auflehnung. Einen Ritter wider die Ignoranz. Oder wider den tierischen Ernst? Die Pflege der Frau kommt ihm in diesen Momenten vor wie Protest. Vergeltung. Auge um Auge mit den Mächten, wem auch immer, Gott womöglich inklusive, die seine Partnerin demütigen. Der Mann stellt sich vor, seine Art zu pflegen bedeute Aufbegehren. Widerstand leisten. Seine Liebe soll nicht im Restmüll der Weltordnung landen. Er wird die Frau verteidigen, ihre Würde. Genau. Das Wort *verteidigen* gefällt ihm jetzt. Die reine Motivation. Nun erst Recht. Verteidigen, bis die Ungerechtigkeit tut, was Ungerechtigkeiten zu tun haben, nämlich zum Himmel zu schreien.

Und dann ist ihm wohler.

Millionär kennt Milliardär

Der Mann hat, was in seiner Situation vielleicht das Wichtigste ist, er hat Freunde – wenn auch immer weniger. Sie unterstützen ihn bei der Betreuung seiner Partnerin, verschaffen ihm Freiräume.

Nun darf er, sitzt im Straßencafé, trinkt Sonne und einen Milchkaffee. Für die Jahreszeit, sagen kompetente blonde Meteorologinnen im TV, ist es warm. Im lauen Wind, der nach Herbst riecht, schaukeln erste Blätter von den Kastanienbäumen. Derweil blickt der Mann dem Bus der Linie 5 nach, einem Rettungswagen der Feuerwehr und den Menschen, die vorbeigehen. Wie für immer, so kommt es ihm heute vor. Vorbeigehen wie all das Großartige, das für ihn an Interesse verloren hat. Nicht aus Verdrossenheit. Keine Kapitulation.

Schon gar nicht Resignation. Er hält es für Besinnung. Der Mann ist so erschöpft, dass er gern nachdenken würde, ob sich mittels Besinnung, die verlorene Sinnhaftigkeit einer in Einfalt, Unverschämtheit, Oberflächlichkeit, Dreistigkeit und ins Internet driftenden Gesellschaft wiedergewinnen lässt. Und tatsächlich: Eben scheint er mit der Besinnung schon mal bei sich selber anzufangen, heißt: er nickt ein. Bis der Milchkaffee vor ihm kalt geworden ist. Zwischendurch hat er geträumt. Von einem gewaltigen Grabhügel, plötzlich erhob er sich auf dem Lämmlingspark mitten in der Stadt. Archäologen haben ihn geöffnet. Ein Versteck. Hier wurden die von der Demenz geraubten Erinnerungen begraben. Die Bestohlenen kommen zu Millionen, reißen an sich, was sie gerade ergattern können. Wie werden sie zurechtkommen, mit den Erinnerungen anderer?

Erschöpfung, darüber sollte nachgedacht werden, ist keine Besinnung.

Die im Wind segelnden Blätter der Kastanienbäume sind vergilbt als seien sie Erinnerungen, Andenken an Gefühle, Zustände, Gelegenheiten – oder an Sätze wie: „Ganz einfach. Ich wollte, dass du wiederkommst." Der Mann hat nie eine Chance bekommen, diese Worte zu vergessen. Um nicht allein zu sein, gewährt die Frau Zuneigung, Vertrauen, Hingabe. Gewährt all das bis heute – wenn man von der körperlicher Hingabe absieht, die sie inzwischen panisch meidet. „Wir kennen uns doch lange genug", lächelt sie, lächelt lauwarme Kälte. Sex? „Ich hätte gern ein Kind gehabt, weißt du doch. Aber ich könnte sowas nie machen, deswegen habe ich keins. Meine Tante", und da flackert ein Flämmchen Langzeiterinnerung, „sie hat mir das verboten."

Kann man vergessen, wie Sex ist? Oder hat sie Angst, es tut weh, oder etwas falsch zu machen?

AUF DEM WEG ZUR HOCHZEIT. Juni 1995. Nicht zu *unserer* Hochzeit. Inzwischen kannten wir uns 28 Jahre, jedes Jahr eins zu viel, um noch zu heiraten.

Evas Freundin, die bezaubernd flatterhafte Amelie, hat uns zu Trauzeugen berufen. Entschlossen, ihre vierte Ehe zu probieren, diesmal mit einem älteren Herrn, der Millionär ist. Und einen Milliardär kennt.

Ich am Steuer, Eva als Beifahrerin. Ihr Vater, erzählt sie gelegentlich, war Besitzer einer Fahrschule und hielt nichts von Frauen am Steuer. Angeblich. In Wahrheit schielte Eva als Kind, man nannte es Silberblick. Der wurde seinerzeit mit derart rabiaten Methoden behandelt, dass danach der Führerschein augenärztlich nicht mehr empfohlen werden konnte.

Wir befuhren das Sauerland entlang der Lenne, grüßten im Vorbeifahren die Burg Altena. Lachten. Es gibt Erinnerungen, die es wirklich wert wären, vom Internet nicht vergessen zu werden: Bei einer früheren Gelegenheit hatten wir die Burg und den Burghof inspiziert. Samt gemauertem Brunnen, dessen Tiefe die Besucher mithilfe von künstlichem Licht erschauern ließ. Ein Schild forderte zum Einwurf von Münzen und zur Betätigung eines Schaltknopfes auf. Wir warfen ein und tatsächlich, dem Auge öffnete sich der Abgrund, beleuchtet bis in schauerliche Tiefe. Ein kleiner Sauerländer wusste, dass der Lichtschalter auch ohne Geldeinwurf funktioniere. Wir probierten es, und er hatte Recht.

Eintrag in Evas Tagebuch:

*Wie immer, wenn wir unterwegs waren, beschlich uns Albernheit.
Diesmal erforschten wir die virtuelle Hochzeit.* Die Hochzeit
„ohne ohne ohne mit", *ohne Feier, ohne Zeugen, ohne Kirche,
mit Vollzug. Noch vor Lüdenscheid änderten wir das Konzept.
Statt Vollzug gab es nun Geschenke. Im Angesicht der Begegnung
mit dem Reichtum persönlich, lästerten wir über üppige Hochzeits-
geschenke. Ich dachte mir einen Onkel in Amerika. Genügend
Dollars, nahe der Küste Floridas ein Inselchen, dessen er überdrüs-
sig geworden war. Adam nannte mich hemmungslos. Inselchen!
Dabei träumte er genauso. Von Mehrheitsanteilen an einer Fern-
sehanstalt nämlich. Er wollte seine eigene Show,* Late Night mit
Odysseus *sollte sie heißen. Ich erinnerte ihn an sein Alter, 33!
Nannte ihn einen Spätpubertierenden.
Nach Amelies Trauung, auf der Treppe vor dem Standesamt, der
Fotograf arrangierte das Hochzeitspaar und die Trauzeugen zu
dem Bild mit dem Ewigkeitsanspruch. Da prustete ich dem Foto-
grafen ein „Ohne ohne ohne mit!" in seine Bemühungen. Amelie
fragte, warum wir so lachten? Wegen unserer virtuellen Hochzeit,
sagte ich. Amelie freute sich: Wollt ihr jetzt doch...? Nur virtuell,
beruhigte ich sie. Ich hätte mich übrigens für den Doppelnamen
entschieden: Eva Bauer-Bauer.
Der Milliardär neben uns, der wohl irgendwie mit ins Bild sollte,
hat mitgehört und gekichert.*

AUF DER HOCHZEIT DANN – alles fein und etwas abgehoben. Einzig der Milliardär hatte riskiert, in Jeans zu erscheinen. Er war in der Art freundlich, die den Geruch von Gnade verbreitet und ahnen lässt, dass er so nicht immer ist. Er sprach mit uns. „Brivolta, Benjamin Brivolta. Nennen Sie mich einfach Ben." Musterte Eva, musterte mich. Eva etwas länger. „Darf ich fragen, was Sie machen, falls Sie mal nicht Trauzeugen sind?"

Wir sagten es ihm. Redselig, ausführlich.

„Kultur? Und dass darüber geredet wird?" verkürzte Ben unsere Lebensbeichte zum Geschäftsmodell. „Das trifft sich!" Erst später wurde uns klar, dass er längst über uns informiert war. Ben geriet ins Plaudern, anscheinend. Wie andere das alte Fahrrad ansprechen, das bei ihnen noch im Keller steht, erwähnte er ein Grand Hotel auf einer winzigen Mittelmeerinsel, leider nur per Fähre oder Helikopter zu erreichen. Er habe den Kasten, wie er das Hotel nannte, einem alten Kumpel abgekauft. „Mitleid, verstehen Sie? Total überschuldet. Übrigens Weinkenner wie ich sonst keinen kenne." Das Hotelanwesen läge im Moment brach, nur eine einzige Bewohnerin, die gute Mimi, sie hielte den Laden in Schuss und Einbrecher auf Distanz. Scharfschützin.

Sekunden, die *zwei* Leben verändern – es gibt sie wirklich. Auf einmal, wie nebensächlich bot uns ein Milliardär namens Ben an, das leerstehende Grand Hotel zu inspizieren und Vorschläge für seine künftige Nutzung zu machen. Diesem Ben schwebte ein Kongressgebäude vor oder vielleicht ein Luxusbordell, etwas in der Art. Er setzte auch gleich den Maßstab: Das Künstlerpaar Christo und Jeanne Claude hatte 1985 den Pont Neuf, die älteste Brücke in Paris, mit 40.000 m² sandfarbenen Polyamidgewebes verhüllt. In zwei Wochen besuchten etwa drei Millionen Menschen das Kunstwerk, von der gigantischen Publicity in den internationalen Medien ganz zu schweigen. „Etwas in dieser Richtung könnte mir gefallen", ergänzte der Milliardär, der wie seinesgleichen alles schon hatte. Außer Geduld. „Im Erfolgsfall, der mit Goldberg noch vertraglich zu definieren wäre, zahle ich ein gutes Honorar. Allerdings vermindert es sich um fünf Prozent für jeden Tag, den Sie länger als vier Tage brauchen." Es wird gern behauptet, Geiz begründe Reichtum. Tatsächlich ist es Unverfrorenheit gepaart mit Lebenserfahrung. „Wann darf ich Ihnen meinen Helikopter nach La Valletta schicken?" fragte der Milliardär jetzt. „Der Überflug von Malta dauert keine 25 Minuten." 25 Minuten bis zum bislang größten Job?

Noch hatte Ben uns und Goldberg gar nicht gefragt, ob wir den Job übernehmen. Eva gab ihr O.K., ehe Ben es sich anders überlegen konnte. Sie traute sich prinzipiell alles zu, was eine Nummer zu groß für sie sein könnte. Da ihr das Dasein meistens Recht gab, nickte ich mit dem Kopf.

Goldberg später ebenfalls.

DER MANN SCHLÄFT NOCH, die Frau steht schon mal auf. Nützlich will sie sich machen, aufräumen, arbeiten. Und dann wird sie nachhause fahren.

Immer dieses Nachhause. Gibt es Gründe? Hat die Frau etwa ein schlechtes Gewissen, weil sie sich so lange nicht um ihre (vor fast fünfzig Jahren verstorbenen) Eltern gekümmert hat? Oder will sie zurück zu Glücksgefühlen aus der Kindheit, zu den Erinnerungen an Erfolge, zum Paradies, aus dem man nicht vertrieben werden kann?

Jemand, keine Frau, ein Mann, da wird sie sich im Verlauf der folgenden Auseinandersetzung immer sicherer, er will sie abholen.

Der Wunsch zu zeigen, was sie kann, verbunden mit der Überzeugung, endlich zu „ihren Leuten" zu kommen, genau diese Mischung stiftet jetzt Unordnung und anschließend Verdruss.

Als der Mann seinerseits wach wird, ist es geschehen.

Die Frau hat sich beim Anziehen aus dem Beutel mit der Schmutzwäsche bedient, im Beutel befinden sich stattdessen ein paar Eier, wohl als Reiseproviant, und die Pantoffeln der Frau. Es wird dauern, bis alles wieder gefunden und dort abgelegt ist, wo es sich normalerweise befindet.

Das *Nachhause* erweist sich als hartnäckig.

Vielleicht hat er noch nicht ausgeschlafen, jedenfalls ist dies nicht seine Stunde. Der Mann bietet der Frau an, sie nachhause zu fahren. Sie brauche ihm nur zu sagen, wo sich *Nachhause* befindet. Tonart Besserwisser, er hat Heim und Eltern der Frau nie kennen gelernt. Sie empört sich, dass er nicht Bescheid wisse. Tonart *mal wieder keinen Schimmer!* Daraufhin macht der Mann den zweiten, den entscheidenden Fehler an diesem Morgen. Er vergisst die Spielregeln, nicht zu widersprechen, nicht zu beschuldigen, nichts besser zu wissen, legt der Frau, und zwar zärtlich, einen Arm um die Schulter, drückt sie an sich und belehrt: „Überleg doch mal, Liebes, deine Eltern müssten jetzt über 100 Jahre alt sein. Leider leben sie nicht mehr." Das ist exakt, was sie nicht hören will. Sie holt aus, schlägt aber nicht zu, blickt den Mann traurig an, vorwurfsvoll. „Warum sagst du so etwas? Was haben dir meine Eltern getan?"

Es bedarf, heute lockt schönes Wetter, einer Fahrt im Auto, entlang einem Park, wo sich Sonnenstrahlen von ihrem 149.600.000 km langen Weg zur Erde auf einer grünen Wiese erholen, es bedarf der Ablenkung, zusätzlich eines Gesprächs über das Wetter und herbeigelogener Erinnerungen. Dann lässt die Frau sich wieder küssen.

„Danke", sagt sie, zögert ein Lächeln lang. „Wir werden bei meinen Eltern ein schönes Leben haben".

Die Νύμφη heißt Mimi

Früher, so lange ist es gar nicht her, waren sie gefragt, als Gastgeber und als Gäste. Auf Partys oder sogenannten Empfängen, am Tisch bei Familienfeiern – ihre Anwesenheit war verbindlich, ihre Meinung geschätzt. Noch immer sind sie gefragt, aus Höflichkeit. Aber keiner fragt sie mehr. Der Mann ist nicht mehr geübt, smalltalkend mit lauter netten Menschen am Austausch von allgemeinen Wichtigkeiten teilzunehmen. *Seine* Wichtigkeiten interessieren nicht, also zählt *er* nicht.

Neben dem Mann sitzt die Frau. Vollzug einer Konvention: Sie ist seine Partnerin, bleibt es und wird daher eingeladen – obwohl sie niemanden mehr erkennt. Sie ist die Frau, die still dasitzt, die mit den sozialen Einvernehmlichkeiten, den angebotenen Speisen nichts anfangen kann, und dennoch plötzlich aufsteht, mit der Hand auf Gregor, ihren Schwager und Oberleutnant der Bundeswehr zeigt, der ihr Zucker in den Kaffee anbietet. „Der will mich vergiften". Ein hysterischer Schrei. Betroffenheit. Dem Mann wird versichert, volles Verständnis zu haben, wenn er seine Partnerin jetzt nachhause begleiten möchte. Wohl ein anstrengender Tag für sie.

Der Mann geht auf die Scheinheiligkeit ein.

SELBSTVERSTÄNDLICH BESASS DER Milliardär, den wir *Ben* nennen durften, außer dem Helikopter einen handelsüblichen Privatjet, der bei Bedarf La Valletta anflog. Ich, einziger Passagier, hatte drei Stunden Zeit, diesen Umstand nicht zu begreifen. Drei Stunden für Nachdenklichkeit. Ich reiste zunächst ohne Eva, sie hatte ein Projekt in Amsterdam zu betreuen. In zwei Tagen würde sie mir folgen. Auf gleichem Wege, gleiche Reisegewohnheiten, gleiche Kosten. Gleiche Zweifel? So sehr der Steward auch besorgt war, dass mich die Stewardess verwöhnte – während des Fluges wurde ich zunehmend unsicher. Hätten wir uns intensiver erkundigen müssen, nach Ben und leerstehenden Hotels?

Der Helikopter ab Malta war knallrot, der Pilot wenig gesprächig. Zur Insel war es nicht weit genug, um mit den verbliebenen Fragen einzuschlafen. Ich beschloss, meinen Roman über das Vorwort hinaus fortzusetzen: Die Homestory aus dem fiktiven Konzertbüro, die ich der Diskretion wegen mit Episoden und Personen aus der griechischen Antike aufzumischen und zu verschleiern gedachte: Probleme von heute, gelöst in der Vergangenheit. Der Einfachheit halber Odysseus, beschrieb ich, was ich aus der gläsernen Kanzel des Helikopters sah:

Neptun blies unser Fluggerät zur Eile. „Dort hinten", weckte mich die gesangvolle Stimme des Steuermannes. Im Dunst des Ho-

rizonts sah ich den angekündigten Fels aus dem Meer ragen, gewaltig, platt, erhaben. Dabei länglich und rötlich, als wenn der Meeresgott seine kraftvolle Zunge ausstreckte. Jahrmillionen hatten das Massiv zum Tafelberg mit steil abfallenden Flanken geglättet. Schon beim Näherkommen hatte ich erfasst, dass die Steilküste auf der Breite von etwa einem Stadion ausgehöhlt war: In drei Etagen waren Grotten in das Gestein gehauen, zum Meer hin offen, vor jeder dieser Öffnungen eine balkonartige Plattform mit Geländer. Entlang der Grotten, drei Stockwerke empor, wuchsen Weinstöcke. Irgendwo brannte ein Feuer, „wallte der liebliche Duft vom brennenden Holze der Ceder und des Citronenbaums (Homer)." Die zum felsigen Ensemble gehörende Seebrücke beseitigte letzte Zweifel, hier handelte es sich um eine ungenutzte Anlage für den Fremdenverkehr, bei den Grotten um leerstehende Fremdenzimmer. Wie es Homer im fünften Gesang der Odyssee beschrieben hat: „Als er die ferne Insel jetzo erreichte, stieg er aus dem Gewässer des dunkeln Meeres ans Ufer, wandelte fort, bis er kam zur weiten Grotte der Nymphe."

Über das Homer-Zitat kam ich nicht hinaus. Grotte? Etwa eine Luxusgrotte im Grand Hotel? Und eine Nymphe? Hieß sie Mimi?

„Dort unten", die Stimme des Piloten, ein dicker Knack im Kopfhörer, weckten mich aus der Antike.

Ich sah, wie im Meer schwimmend ein paar kaum bewohnte Quadratkilometer. Durchaus platt, trotzdem irgendwie erhaben. An der östlichen Küste, steil in den

Seegang abfallend, war Platz für den Hotelbau der Luxusklasse. Ein Mosaik aus Balkons gliederte die Fassade zum Meer hin. Merkwürdig, etwas Ähnliches hatte ich doch gerade meinem Roman anvertraut?

Jahrmillionen hatten das Felsmassiv geglättet, flach, zum Schnäppchenangebot für Hubschrauber. Der Landeplatz war mit gelber Farbe auf dem Gefels markiert. Mein Pilot setzte sanft auf, die Tür wurde geöffnet. Duft von Zedernholz, Zitronen, Mittelmeer tränkte die Luft. Irgendwo brannte ein Feuer. Der Pfeil nahe der Felskante wies zu einer Fußgängerbrücke, über die Passagiere vom Hubschrauber direkt ins Hotel gelangten.

„Willkommen etwas außerhalb der Wirklichkeit", begrüßte ich mich.

Das Turbotriebwerk brüllte auf, Sand und Staub wirbelten. Der Pilot überließ mich der steinernen Insel, unbewohntem Luxus und der Mimi, sofern es hier tatsächlich eine gab. Mit meinen Habseligkeiten, inclusive der gepolsterten Tasche mit dem Laptop, wagte ich mich auf die Fußgängerbrücke. Im Hotel war es so dunkel, dass man gerade noch riechen konnte, es müsse gelüftet werden. Die Wände, denen ich tastend folgte, fühlten sich an wie unpoliertes Gestein. Türen zu all den Zimmern (oder Grotten?), die ich ertastete, ließen sich nicht öffnen. Ich rüttelte an mehreren, rief – und zwar in dieser

Reihenfolge – den Namen Mimi, den Service, um Hilfe. Verschwörungstheorien erwägend, tappte ich durch die Unendlichkeit von 100 Metern Gang, dann spürte ich Holz, ein Brett vor dem Kopf. Eine Tür, hinter der sich eine weitere Treppe anbot.

Hier war es hell, die Zimmertüren standen offen. „Frau Mimi?" Wände, wie tapeziert mit Felsen, eine Höhle mit Schafsfellen ausgelegt, auf den Kopfkissen lagen noch die Schokolädchen, das Mobiliar aus Zweigen geflochten, im Bad vergoldete Armaturen. Luxus eben.

Ich stieg weiter treppab. Den üblichen Lesesaal fand ich im Erdgeschoss, Ledersessel für Schläfrige, die Regale mit ungelesenen Büchern reichten bis unter die Decke. Dahinter ein von Fenstern umbauter Speisesaal, die Tische waren gedeckt. Für wen? Überall greifbare Erwartung, aber kein Mensch. Nur Geruch nach Feuer und Gebratenem. Ich folgte ihm bis in eine riesige Küche.

Obwohl sie unbekleidet war, bemerkte ich die Frau an einem der Herde nicht sofort. Vielleicht, weil sie ihre Nacktheit so selbstverständlich wie einen Hauskittel trug. „Frau Mimi?" fragte ich und wusste nicht, wo ich hinschauen wollte oder sollte.

Die Frau half mir über meine Verlegenheit. Es wäre hier oft sehr heiß, meinte sie, kein Mensch außer ihr auf der Insel, da würde man schon mal nachlässig in der Bekleidung. „Mimi Tanz", stellte sie sich vor. Ich habe Sie erwartet." Diese Mimi erinnerte mich an Nippes, eine

Göttin aus Griechenland und aus Porzellan. Erotische Fülle und graziöse Schlankheit, wie sie in der Kunst, aber nicht in Wirklichkeit vorkommen.

„Darf ich Mimi sagen?" fragte ich, vielleicht etwas zu atemlos.

„Auf dieser Insel bin ich, wie Kalypso, die Nymphe. Sie sind nicht zufällig Odysseus?"

Was sollte ich antworten? „Ein eindrucksvolles Haus hüten Sie hier, Frau Mimi." Vielleicht dachte ich an etwas anderes. „Wo kann ich hier telefonieren?"

„Telefonieren? Der Stromgenerator ist ausgefallen. Leider habe ich seit gestern keine Funkverbindung ins Telefonnetz."

„Wollen Sie damit sagen, dass wir vom Festland abgeschnitten sind?"

„Unangenehmer finde ich, dass die Kältemaschine ohne Elektrizität nicht funktioniert. Unsere Vorräte verderben gerade vor sich hin. Wir werden uns von Früchten ernähren. Oder verstehen Sie was vom Fischen?"

„Einstweilen verstehe ich von nichts, was diese Insel und dieses Hotel betrifft." Dann freundschaftlicher: „Es hieß, Sie würden mit mir einen Rundgang machen. Aber… Möchten sie sich vorher anziehen?"

„Wenn Sie meinen." Frau Tanz griff in einen Schrank, bedeckte ihre Frontseite mit einer Küchenschürze. Zum Zeichen, dass sie bereit war, hakte sie sich bei mir ein, als wenn wir uns seit Ewigkeiten kannten.

„Die Idee, das Flair des Hotels, ist einem Gemälde des Niederländers Jan Brueghel des Älteren nachempfunden", erfuhr ich im Ton eines Stadtführers. „Der Samt- oder Blumenbrueghel, falls Sie sich auskennen."

„Ich sah ein Zimmer", wich ich aus, „gestaltet wie eine steinzeitliche Höhle. Gibt es davon mehrere?"

„Ganze Etagen voll. Der Architekt wollte betuchten Touristen eine exquisite Erfahrung verschaffen, das Be- hausen von Höhlen. Eine Idee von den Milieus wollte er vermitteln, in denen sich die Vorfahren lieben mussten."

„Steinzeiterotik?"

„Im Urlaub ist doch jeder gerne mal obszön. Denken Sie sich", Mimi deutete einen Hüftschwung an, „ein Pär- chen, das sich in so einer Grotte, zitternd vor dem be- fürchteten Angriff einer Rotte Saurier, die Lust archai- scher Steinzeitorgasmen verschafft."

„Und hat es funktioniert?"

„Nicht die Spur. Steinzeit mit Internet, die Mixtur ist blöd genug, um Geld anzulocken. Aber die Unsicherheit, beispielsweise mit der Stromversorgung passte nicht ins Geschäftsmodell."

Endlich fiel es mir auf. Mimis Sprachschatz war reichhaltiger als der einer Köchin oder eines Zimmer- mädchens. Was tat sie hier? Die Frage und Misstrauen standen mir offenbar ins Gesicht geschrieben.

„Ich bin eine ziemlich Intellektuelle."

„Gedankenleserin dazu?"

„Kunstgeschichte habe ich studiert."

„Und wollten danach nicht Taxifahrerin werden?"

„So ungefähr. Zufällig erfuhr ich von diesem Job und griff zu. Hier habe ich genug Zeit und Motive, ich male. Meistens im Freien. Und wenn der Wind es übertreibt – hinter dem Lesesaal habe ich mein Atelier."

„Können wir dort unseren Rundgang beginnen?"

„Nein. Streng geheim."

Stattdessen lotste mich Mimi durch die Mysterien eines unbenutzten Grand Hotels. Durch Wäsche- und Vorratskammern, einen Gymnastiksaal, das Hotelkino, durch die Tatorte der Steinzeiterotik. Zum Schluss in einen Saal für sechshundert Personen. „Mit Bühne, Scheinwerfern und aller gebotenen Technik. Der Boden der Tanzfläche kann verschwinden – elektrisch. Vorausgesetzt, der Stromgenerator funktioniert. Darunter befindet sich ein Schwimmbecken. Sie glauben gar nicht, wie gern sich die Damen ins Wasser werfen lassen, damit die teuren Kleider durchsichtig werden. Und wie gern die Herren im Smoking hinterherspringen."

Ich glaubte es.

Ein Sommerabend richtete sich auf der Insel ein, melancholisch und rot wie ein irisches Volkslied. Wir vier, Frau Mimi, ein Sonnenschirm, eine brennende Kerze und ich, gruppierten sich um ein Tischchen auf der Seebrücke.

Das Felsmassiv reflektierte die Stille. Tief unten schlugen leise Wellen gegen die Stützpfeiler, oben wölbte sich der Sonnenschirm, der die Möwen abhalten sollte, den Kerzenschein für genießbar zu halten.

Ich hob das Glas. „Auf gute Zusammenarbeit, Frau Direktorin."

„Nix Direktorin", Frau Mimi stülpte das Näschen. „Ich fühle mich als die Nymphe dieses Ortes."

In der Mythologie, fiel mir ein, war *Nymphe* noch ein weiblicher Naturgeist. Keine Kindfrau wie Nabokovs Lolita, die er allerdings nicht Nymphe, sondern ein *Nymphchen* nannte.

Ich schlingerte in selige Schweigsamkeit. Mimi, Nymphe oder nicht, schlingerte mit. Aus der Ferne hörten wir jetzt nur noch das Echo unseres Schweigens, genossen die Wohltat, einmal nichts verstehen zu müssen.

„Ich werde schlafen gehen", sagte ich voraus.

„Schon?"

„Wieso *schon*?"

„Die Nacht hatte noch keine Chance."

„Geben wir ihr eine."

Später geschah mir wie Odysseus bei der Kalypso: Eine Nymphe im leichten Regenmantel betrat meine Luxusgrotte. Sie hatte eine Kerze mitgebracht, entzündete sie, orientierte sich, fand mich in meinem Bett, legte sich. Ich wurde ermuntert, ihren Mantel aufzuknöpfen. Wäre sie nackt gewesen, hätte ich sie aus der Erinnerung sofort erkannt. Jetzt lag ich neben einem Meisterwerk, Erotik, frühes 20. Jahrhundert. Sie trug schwarz. Durchscheinende Ware. „Auf gute Zusammenarbeit, Herr Direktor", sagte sie. „Wer weiß, wann sie mir wieder einen Mann schicken."

Ich war noch nicht reif, mich von der Müdigkeit zu trennen, erste Lichter und Geräusche verdünnten meinen Schlaf. Ungern erwachte ich im Morgengrauen, vor allem im Grauen. Neben mir keine Nymphe, sondern mein schlechtes Gewissen. Die Nymphe hörte ich in der Küche, sie lächelte mit dem Frühstücksgeschirr. Was mein Gewissen betraf, beschloss ich, Eva alles zu berichten und nichts zu sagen. In diesem Sinne verfasste ich eine Aufzeichnung meiner ersten Augenscheine einer Insel. Mimi hatte außer Frühstück wieder funktelefonische Verbindung mit der Möglichkeit, ein Telefax zu übertragen. Ich konnte Eva vorwarnen, wählte als Überschrift:

„Νύμφη".

Als ‚Betreff‘:

„Eine (Apo-)Kalypso".

Untertitel:

Agenda der Reise eines gewissen
Odysseus zu der stillgelegten Herberge auf – nennen
wir es Ogygia.

Jedem sein Luxus. Adam im Grand Hotel. Ich im Grand Hotel Krasnapolsky („5.0 out of 5.0 stars"). Er mitten im Wasser. Ich mitten in Amsterdam. Hatte was bei der Stadsschouburg, dem traditionsreichen Stadttheater Amsterdams am Leidseplein zu besprechen.
Eben gönne ich mir ein reichhaltiges Frühstück. Gleichzeitig bringt man mir einen dicken Briefumschlag. „Telefax von einem Herrn Odysseus", sagt der Bote und meint Trinkgeld. Hoffentlich ist der Inhalt des Umschlags es Wert. Ich lese:

„So ist es nicht mir, so ist es Odysseus ergangen, Eva. – Stufen entlang einer Felskante führten ihn ins Innere eines Felsmassivs. Überall Grotten. Odysseus ging in eine hinein. Kein Gast, kein Zimmermädchen, stattdessen Ausblick durch das in den Fels gehauene Fenster. Atemberaubend. Wasser: soweit die Fantasie schwimmen konnte. Im Erdgeschoss ein Refektorium, Tische waren gedeckt, keine Menschen anwesend. Nur der Geruch von Feuer. Odysseus folgte ihm, gelangte in die Küchengrotte. Amphoren, Gefäße aus Keramik, Töpfe aus Bronze. Feuerstellen, eine davon in Glut. Obwohl sie dort stand wie Götter sie geschaffen hatten, bemerkte Odysseus die Frau am Feuer nicht gleich. „Kalypso?" „Wer sonst?" Sie weidete sich an seiner göttergleichen Verlegenheit, faltete ein viereckiges Tuch zum Peplos,

dem nach ionischer Mode seitlich offenen Kleidungs-
stück, sah mich prüfend an, eine Haarsträhne löste sich,
baumelte geschwungen wie ein Fragezeichen.

„Odysseus?"

„Und du eine Nymphe?"

Gemeinsam besichtigten sie den der Nymphe anvertrauten Bau, erwogen neuartige Nutzungen. Vom Gymnasium, dem griechischen Γυμνάσιον war die Rede.

Später, der Abend sank auf das Eiland als würde eine
Kerze ausgeblasen, warf die Nymphe schwere Teppiche
über den Fels. Odysseus legte sich zu ihr. Sie aßen, tranken Wein. Schwiegen. „Gibt der listenreiche Odysseus
der Nacht eine Chance?" wurde er gefragt.

„Nicht der Nacht. Ausschließlich die Wahrheit soll eine
Chance erhalten, wie der Dichter sie aufschrieb."

In der Odysseus zugewiesenen Grotte befolgte eine
Nymphe den Text Homers, der sie als „hehre" und
„schöngelockte" und sehr bereite Kalypso überlieferte.

Willkommen Eva, auf der Insel.

Odysseus liebt dich."

Armer Adam. Er ist Achtundvierzig, Mann in den besten Jahren,
glaubt er. Ich bin jetzt Fünfundfünfzig und umfassend benutzbar,
glaube ich.

Nymphen lebten, glaube ich, vor mehr als zwei Jahrtausenden. Ich
werde es Adam nie sagen, aber ihm seinen Ausflug in die Archä-
ologie verzeihen.

EVA BERÜHRTE DIE INSEL bei Sonnenaufgang. Müde kletterte sie aus dem Helikopter, sah mich, lächelte. „Ich habe verstanden, mein Adam. *Du* hast gebeichtet. *Ich* weiß von nichts. Wir sind quitt."

Eva eben.

Für unser Tagewerk hatten ich uns ein ideenschwangeres Fleckchen Insel ausgewählt. Auf der Seebrücke, nahe den Felsen samt Ausblick auf Seegang. Für Eva eine Hollywoodschaukel, zusätzlich wurde der Ort kreativ aufgeladen: mit Thermoskannen voller Kaffee und einem Flipchartständer einschließlich Papierblock im bekannten 70 × 100 cm Format.

Mimi widmete sich derweil ihrer Malerei, der Küche und der Kommunikation mit dem Festland. Sie trug jetzt stets eine Schürze. Eva machte ein Gesicht, als wäre sie gern ebenfalls nur mit einer Schürze herumgelaufen.

„An was denkst du?" Ich wollte es von Eva genau wissen.

„Gibt es eine Vorsehung?" überraschte sie mit ihrer Antwort, in der keine Schürze vorkam. „Einer läuft uns über den Weg, besitzt Milliarden, ein vergessenes Hotel, Luxus nicht ausgeschlossen, einzigartig in abgeschiedener Lage, am aufregendsten Ort der Welt. Selbst Odysseus scheint nicht weit weg." Eva zögerte seltsam. „Beginnt so das erste Kapitel zu einem Krimi?"

„Was schlägst du vor?" fragte ich. „Hilfe, Recht und Gesetz sind auf dieser Insel nur per Helikopter zu erreichen."

„Du musst wissen", Eva jetzt wieder Eva, „bevor ich hier herüberflog, habe ich mit Jaime gesprochen. Er recherchiert bereits und lässt Beziehungen spielen."

Wir arbeiteten weiter, schrieben, zeichneten, überlegten. Sahen Mimi herbeieilen, ihre Küchenschürze flatterte nahezu unzüchtig. „Dienstag kommt der Helikopter", rief sie und beruhigte ihre Schürze. „Außerdem hat jemand aus Barcelona angerufen. Ich soll Ihnen sagen JA. Sie wüssten Bescheid."

Ich wusste von nichts. Aber Eva: „Jemand könnte den Funkverkehr abhören."

„Und?"

„Ich habe mit Jaime abgemacht, sag nur ja oder nein. Das Ja sollte besagen: Da ist nichts verborgen, nichts abgekartet, nichts verdächtig."

„Oder doch? Ja könnte auch bedeuten: Ja, alles höchst verdächtig."

Eva sah mich besorgt an. „Ja ist ja."

Logisch.

Lass uns mit dem Namen anfangen – lautete ihre Empfehlung. „Wenn das Kind einen Namen hat, kann man sich leichter vorstellen, was aus ihm werden wird."

„Institut?" schlug ich vor.

Institut. Großartig. Aber auf Englisch. *Institute*.

„Noch viel besser *Benjamin Brivolta Institute*", sagte ich.

Eva holte zum Brainstorming aus. „Was könnte im *Institute* passieren? Erst mal nur Stichworte. Was ist das Besondere an der Location hier?" Das Blatt auf dem Flipchart füllte sich:

Abgeschieden
Überschaubar, leicht zu überwachen
Sanatorium
Verschwiegen
Exklusiv
für Betuchte
Man ist unter sich
Lifting

„Moment mal", Eva unterbrach, was man beim Brainstorming nicht darf. „Wie kommst du auf Lifting?"

„Passt doch alles zusammen."

Da rief Mimi. „Das Essen ist fertig", was man beim Brainstorming erst Recht nicht darf.

Das Essen schmeckte. Als Nachtisch Weintrauben, purpurn wie von Homer vorhergesagt. Der Wind hatte das Blatt auf dem Flipchartständer umgeblättert. Eva, unerbittlich, schlug es zurück, alles auf Anfang.

Gemeinsam lasen wir:

Abgeschieden
Überschaubar, leicht zu überwachen
Sanatorium
Verschwiegen
Exklusiv
für Betuchte
Man ist unter sich
Lifting

„Wie bist du auf ‚Lifting‘ gekommen?"
„Passt doch. Exklusivität, Operationen, Luxus. Betuchte Menschen betreiben die Korrektur ihres Alters verschwiegen. Bitteschön keine Paparazzi, aber Hygiene und Luxus."

Eva schaukelte Hollywood. Schweigend atmete sie drei Worte aus. „*Benjamin Brivolta Institute.*" Flüsternd wiederholte sie: „Benjamin Brivolta Institute. Schönheitschirurgie. Menschenskind, das ist es."

Am kommenden Tag, unvergesslicher Dienstag, erschien uns der Hubschrauber mittags. Eva, wer sonst, sollte, wollte nach La Valletta fliegen, um Ben die frohe Botschaft zu präsentieren. „Weißt du, ich kann überzeugender mit den Augen plinkern." Erst zehn Meter vor dem Helikopter entschied sie: „Nicht ich, *du* fliegst."

Wird man in dieser Weise alt? Ein misstrauisches, missgünstiges altes Weib? Schickt einen Jüngling in seinen Vierzigern fort, gönnt ihm nicht mal eine Mimi.

Kleinlich gedacht? Könnte man denken.

Daher von Anfang: Adam schien Grausen zu haben vor der Begegnung zwischen mir und Mimi. Das forderte mich heraus. Kaum dem Heli entstiegen, nahm ich Mimi Kalypso in den Arm. Spontan. „Wir beide werden uns jetzt gemeinsam das Haus und seine näheren Umstände ansehen." Das wirkte. Ich sah Sorgenfalten auf Adams Stirn – wohl wegen der ‚näheren Umstände'. Erst mittags kehrten wir Frauen zurück, natürlich beladen mit näheren Umständen. Wir hatten so viel zu besprechen, dass wir Adam gar nicht bemerken wollten. Unser Urteil über ihn war gesprochen. Und das lautete: Gemischte Gefühle, teils Genuss, teils Strafe.

Noch während der Nacht des gleichen Tages wurde das Urteil vollstreckt.

Bevor er einschlafen konnte, öffneten wir die Tür zu Adams Grotte. Im Gegenlicht sah er uns. Mimi, eine laszive Kalypso wie auf dem Gemälde von Böcklin, und mich, eine reife Schlankheit wie auf dem Gemälde von Dürer.

Beide unbekleidet wie eine Mimi am Herdfeuer.

Nach dieser Nacht ergab sich alles wie von selbst, ich habe blitzschnell mögliche Szenarien abgewogen.

Sollte ich meinen jungen Adam, mit einer Nymphe allein lassen und den Ben überzeugen?

Verführen?

Liebes Tagebuch… Oder nein, das würde jetzt zu weit gehen. So viel Vertrauen in deine Verschwiegenheit…

Zur Sache also. Würde ich mit meiner, sagen wir mal, impulsiveren Art mehr erreichen, habe ich mich gefragt? Oder Adam, schafft er es eher auf seine gradlinige Tour? Ich bin so frei (oder überheblich?) zu behaupten, dass ich zu Adams Reife immerhin beigetragen habe.

Am Ende setzte ich auf die Qualität unseres Vorschlags. Wir konnten uns leisten, rein sachlich zu argumentieren. Dass es für diesen Ben etwas teuer werden würde, weil wir ihm so schnell ein Ergebnis präsentieren konnten? Portokasse!

Wenige Meter vor einem abflugbereiten Helikopter habe ich mich daher anders entschieden.

Liebes Tagebuch… Na schön, wem sonst kann ich es sagen? Also der Ben hat mich angerührt. Nicht wegen seiner sexy Milliarden. Ich habe gehört wie er sagte, ich würde zu den Frauen gehören, die nicht und niemals alt aussehen. Hat er gesagt. Eigentlich zu Adam, einfach so. Ich hätte, hat Ben tatsächlich gesagt, eine unglaubliche Figur und eine verführerische Ausstrahlung. Sowas altere nie. Und dass er Adam zu einer solchen Lebenspartnerin gratuliere.

Nicht vergessen! Muss Adam gelegentlich fragen. Ob Ben enttäuscht war, dass nicht ich zu ihm herüber geflogen bin.

„KENNETH, ich darf doch Adam sagen?" Ben empfing mich in seiner maltesischen Niederlassung, er wirkte zerstreut. „So schnell ein Ergebnis? Ich bin gespannt." Aber genau das war er nicht. Ich passte ihm offensichtlich nicht in die Tagesordnung. „Können Sie die Sache in nur zehn Minuten erklären?" Von der neunhundertneunundneunzigsten Million ab, sind diese Bens so.

Plötzlich ging es für mich um alles. Ich hatte zehn Minuten eines Milliardärs, um überzeugend, dabei hinreichend flapsig, zynisch, ebenbürtig zu sein. Ich begann flapsig, schwadronierte vom Wunsch, Schönheit zu verewigen, erwähnte eine reiche Klientel, die einerseits in der Umgebung Gleichgesinnter den gewohnten Luxus ausleben möchte, andererseits Verschwiegenheit sucht wenn es darum geht die Schnippelei an ihrer Haut zu leugnen. Den Namen *Benjamin Brivolta Institut*, ließ ich dann auf der Zunge zergehen, schaute auf die Uhr. Neun Minuten. Ben schaute nun ebenfalls zur Uhr, schmunzelte, ein Assistent klopfte an. „Ich will jetzt nicht gestört werden." Auf einmal hatte Ben Zeit sich zu räuspern als sei er ein Mensch. „Meine Frau hat, ähh…, sagen wir mal, sie *kennt* ihn, einen Professor, Schönheitschirurg, plastische und ästhetische Chirurgie nennt sich das ja wohl, mit dem ich das Projekt besprechen möchte. Geben Sie mir Zeit bis morgen, Kenneth?" Eine Milliardärsfrage.

„Sehr gern", die Antwort eine Habenichts.

Am nächsten Tag, präziser: früh um sieben Uhr, trat ich bei Ben an. Ich hatte mir vorgenommen, mich von nichts überraschen zu lassen.

„Sie werden meine Antwort zunächst nicht mögen" prophezeite Ben und hatte Recht: „Ich werde nämlich aus dem Hotelprojekt aussteigen." Er ließ den Satz wirken und beobachtete mich dabei schamlos. „Allerdings, der Schönheits-Professor hält die Sache für genial. Er kauft das Hotel für 12 Millionen US-Dollar. Für mich ist das akzeptabel. Noch dazu bin ich die Immobilie los. Ich hätte mich sowieso schwer damit getan." Wieder verfolgte Ben unverhohlen, ob und wie seine Ausführungen auf mich wirkten. „Zu guter Letzt, woran mir besonders lag, die Mimi wird bleiben können. Zuständig für Kunst am Bau. Oder so..." Benjamin Brivolta machte eine Mine, als wenn er sich die Hände reibe. „Na Adam, wie habe ich das gemacht?"

Eva hätte es getan. Ich dachte es nur. Aufstehen und „AUS". Stattdessen:. „Wie Sie das gemacht haben, Ben? Andere nennt es gern Ideenklau. Ich bleibe höflich, Urheberrechtsverletzung klingt sachlicher."

Ben lächelte. „Ich werde Goldberg anweisen, er möge Ihr Gehalt und das Ihrer Kollegin um eine satte Maklerprovision aufstocken, zu meinen Lasten."

„Muss ich Ihnen jetzt dankbar sein?"

„Warten Sie ab. Sie wissen noch nicht, wie schmerzlich es sein kann, größere Beträge zu versteuern."

DER MANN HAT STIMMUNGEN, die er sich gern zu einem Orakel verdichtet. Orakel galten schon in der Antike als fragwürdig. Nur Orakel, motiviert sich der Mann, eignen sich daher, seine Zukunft oder die seiner Partnerin plausibel zu machen. Um sich dann daran aufzurichten, dass Orakel schon in der Antike … (siehe oben).

Alternativen:

Die Frau überlebt den Mann. Voraussichtlich ist sie dann der kommerzialisierten Herzlichkeit eines Pflegebetriebs ausgeliefert. Ihre Seele, ohnehin niemals zart, wird zu Leder. „Ich wollte, dass du wiederkommst?" Irgendwann vergisst sie, darauf zu warten. Und zu leben?

Oder.

Der Mann überlebt die Frau. Voraussichtlich wird er so zur Utopie vom guten Verlierer, der gewonnen hat. Was eigentlich? Allein am Tisch und im Bett, in einer viel zu großen Wohnung, durch Pflege und Geduld verschlissen, hält er wahllos Anschluss an die Welt. Geld, er hätte noch welches. Aber ihm fehlen die Kraft und die Fantasie, es auszugeben.

Der Mann bastelt sich aus dem Orakel einen ironischen Trost: So oder so: Einer von ihnen wird, auch ohne Partner, als Füllsel im Speicherplatz vom Computer des Meldeamts weiter existieren. „Immerhin ein paar Kilobyte Bauer", verscheucht er mutlose Gedanken.

Und macht weiter.

Casa Goldberg

Inzwischen wird 2013 begrüßt. Gerade begleitet der Mann seine Partnerin zur Tagespflege. Ein Schnuppervormittag bei der Tagespflege steht an. Für die Frau ist alles fremd, die Umgebung, die Betreuerin, die anderen Patienten, Gäste werden sie hier genannt. Zweites Frühstück, ein paar leere Plätze in der Runde, Wink der Betreuerin, hinsetzen. Ängstlich klammert die Frau sich an den Arm des Mannes. „Sie sollten jetzt gehen. Ihre Frau muss sich daran gewöhnen", erfährt er von der Betreuerin. Der Mann hat aber Einwände: Ob man seiner Partnerin nicht kurz erklären könne, was hier geschehe, an wen man sich wenden könne und so. Die Betreuerin hat andere Sorgen. „Meine Kollegin ist plötzlich erkrankt, die andere muss das Mittagessen vorbereiten. Zu wenig Personal, verstehen Sie?"

Der Mann sieht das ein, bittet seinerseits um Verständnis. Er nimmt seine Partnerin, sie zittert noch, in den Arm, geht.

Der Mann überredet und motiviert sich unbeirrt. Es müsste etwas unternommen werden, stimmt er mit der Weltmeinung überein. Warum zum Teufel, wird aber nichts weiter unternommen, als Geld auszugeben?

JAHRE LIESS ER VERSTREICHEN. Wir merkten es nicht, so erfolgreich waren wir. Dann entschloss sich Goldberg, die Bemühungen, Errungenschaften und das Personal seiner Eventabteilung anzuerkennen – und Konsequenzen, die er zu ziehen beabsichtigte, für sich zu behalten.

Von Großmut gebeugt, trat er in Evas Büro, wo längst auch mein Arbeitsplatz und meine Telefone standen. Einen Urlaub würde er uns spendieren, gab Goldberg zu verstehen, nicht nur die Zeit dafür, auch das Geld. Sein Haus in Spanien stelle er uns zur Verfügung, drei Wochen Sonne, Dachterrasse, Meeresblick; am Flugplatz in Alicante sei ein Mietwagen gebucht.

Wir verstanden nicht, was geschehen sein könnte, was geschehen würde und überhaupt. Freude verschüttete unser Misstrauen. Der Terminkalender, auch das machte uns nicht stutzig, schenkte ein schwarzes Loch.

Also reisten wir.

Reisten am Ende durch eine finstere Nacht, die uns südlich und spanisch und immer noch nicht verdächtig vorkam. Viereinhalb Stunden Verspätung, die Fluglotsen hatten irgendwo gestreikt. Kommt ja vor.

Das Haus, die *CASA GOLDBERG*, hatte tatsächlich eine Terrasse, und durchaus auf dem Dach. Wir probierten sie sofort aus, atmeten Spanien, sahen in den Mond. Er badete gerade, nur ein paar hundert Meter entfernt, im Mittelmeer. Unter uns Schatten, zum Garten hin von der Dunkelheit verhexte Natur, vermutlich Pflanzen, Gesträuch.

Am Morgen, es regnete lauwarm, war auch die Gegend zu besichtigen. Wir standen wieder auf der Dachterrasse, Bademantel, nichts drunter. Leichter Wind vom Meer. Um uns herum reihenweise Kopien der Casa Goldberg, weniger Natur, mehr Tourismus, Ferientreibende, die ihrerseits auf den Dachterrassen standen. Allerdings, sie waren offenbar schon länger vor Ort, kannten mutmaßlich jeden Tropfen Meer, kannten die Landschaft, nur uns kannten sie noch nicht. Also schauten alle in eine Richtung. Wir standen zur Besichtigung.

Wenn schon.

Eva: „Ich habe es nie nackt im Regen gemacht.“

„Hier?“

„Warum nicht?“ Die Mauer um unsere Terrasse erschien Eva als ausreichend hoch. „Da sieht uns keiner.“ Sie legte sich auf eine vom Regen durchnässte Luftmatratze, öffnete den Bademantel, entschlossen, sich zu erholen, noch längst nicht über fünfzig zu sein, sich drei Wochen nicht durch Moral verderben zu lassen.

Wo mehr als drei Touristen sind, entsteht der unwiderstehliche Wunsch, ein Lagerfeuer abzubrennen. Die Familie gegenüber, eine lebenslustige Frau, ein beleibter Mann, der sich diese Frau leisten konnte, mildes Gesicht, strenge Brille und vier Kinder zwischen Grundschule und Teenager.

Klopfen an der Haustür, des Nachbarn Kinder.

Vierstimmig wurden wir herausgefordert. Erst verstanden wir nicht, dann begriffen wir: Lagerfeuer. Gesang zur Laute, Romantik. Rotwein sollten wir mitbringen. Vielleicht auch etwas Obst. Und Saft für die Kinder.

Endlich mal keine Dienstreise, meinte ich, da wird man, verdammt nochmal, in ein Feuer glotzen dürfen.

Es wurde ein heißer Tag. Der Strand glühte, der Sand brannte unter den Fußsohlen. Das Lagerfeuer geschah noch am gleichen Abend. Als die Sonne untergegangen war, hatte es sich kaum abgekühlt. Eigentlich Wahnsinn, sich jetzt an ein Feuer zu setzen. Aber ein Lagerfeuer, wenn es denn wirklich romantisch ist, bringt Abkühlung.

Nur in meinem Kopf nicht.

Wenn ich ins Feuer sehe, macht mein Gehirn schlapp. Es denkt nicht mehr, von Kreativität schon gar nichts. Das Zögern der Flammen, ein Gewirr aus nichts, von Farben profiliert. Ist Feuer Materie? Oder eine immaterielle Wand. Aus dem brodelnden Nichts hörte ich eine bekannte Stimme. Ja doch, gerne. Das war Eva. Sie nahm das Angebot des Nachbarn an: ein Decke.

Im nächsten Moment wurde ich zugedeckt, ich lag im Liegestuhl. Sommerhitze, dazu die Nähe einer Eva, dazu die Flammen, die Glut.

„Frierst du etwa", fragte ich.

„Im Gegenteil. Ich bin Feuer.

„Fühlst du dich nicht wohl?"

„Im Gegenteil." Sie zog die Decke noch weiter hinauf, so dass sie uns beiden bis zum Hals reichte. „Was geht es die Leute an", sagte sie, „an welcher Stelle du mich jetzt streicheln wirst?"

Es folgten zehn Minuten südliche Himmelsschwärze am Feuer, dann wusste ich mehr. „Es geht", flüsterte ich.

„Was um Himmels willen geht?"

„Ich bin mit einer Hand im Urlaub, mit der anderen Hand im Himmel."

Ferien im Überfluss.

Eine Woche Erholung. Leider keine Stunde länger. Hätte ich doch bloß keine Zeitung gekauft.

Wir fanden uns inzwischen zurecht: Wo es die useligsten Restaurants gab, die delikateste Paella, die frischesten Seezungen, den wirksamsten Rotwein, billige Magentabletten und – deutsche Zeitungen. Ich wollte ,DIE ZEIT' kaufen, im Urlaub traut man sich die zu. Aber ich kaufte die Heimatzeitung. Nicht aus Sentimentalität. Sondern weil ich plötzlich Goldberg sah, zweispaltig auf der Titelseite.

Hatte er die *Rolling Stones* unter Vertrag genommen?

Oder den Papst?

Hatte er nicht.

Die Überschrift verriet, worum es offenbar ging. *Goldberg macht Kasse.* Es sei zu einem Deal gekommen, die Eventaktivitäten des Konzertbüros würden verkauft. Hinter unserem Rücken ein Deal mit Roland Fohser, dem Boss der Firma, die sich auf Logistik für Messeauftritte spezialisiert hatte und die zu dem von uns geschaffenen virtuellen Reich zur kommerziellen Organisation von Events gehörte, zu unseren Lieferanten.

Eva war so entrüstet, dass wir abreisen mussten. So sofort wie möglich.

Der Aeroporto Alicante-Elche brodelte vor Untätigkeit. Die Fluglotsen streikten, wieder oder immer noch? Ein Uniformierter am Abfertigungsschalter reinigte seine Fingernägel und versuchte witzig zu sein. Der beste Rat den er uns geben könne, sei, zu Fuß den Weg nach Deutschland zu versuchen. „Wenn Sie mich fragen…", entschuldigte er sich mit Toreroblick.

Aufschlussreich, zu erleben, was man sonst nur im Fernsehen zu sehen bekommt. Die Un-Abfertigung in Form einer Übernachtung im stickigen, übervölkerten, grell beleuchteten, unverständlich beschallten Gebäude eines Flughafens. An Schlaf ist nicht zu denken. Menschen laufen herum, manche in Zivil, andere im Dienstgewand des Polizisten. Der Eindruck entsteht, dass sich alle für das herumstehende Handgepäck interessieren. Und für dessen Inhalt. Die einen für Geld und Schmuck, die anderen für Waffen und Bomben.

Und erst die Passagiere. Es gibt Menschen, die schlafen wollen und sich absolut nicht dafür interessieren, was eine Frau Bauer einem Herrn Goldberg zu sagen gedenkt. Eva erprobte an mir, was sie ihrem Boss sagen wollte, aber noch nicht, *wie* sie es sagen wollte. Flüsterleise nämlich. Diese Tonlage gehörte nicht zur Probe. Dass wir uns hintergangen fühlten, dass es eine Unverschämtheit sei, uns in den Urlaub zu schicken, um hinter unserem Rücken unser Lebenswerk zu zerstören. Sie sagte Lebenswerk. Und was einem im ersten Anlauf so einfällt. Jedoch erschien ihr der Text wohl zu dramatisch, zu lang. Wann immer sie zu einer weiteren Probe ausholte, verkürzte sie daher die Ausführungen. Kurz bevor sie einschlief, hatte sie die Schmähungen auf einen einzigen Satz reduziert. „Es ist aus." Die Umstehenden, inzwischen hatte sich um uns herum eine Art Bürgerinitiative gebildet, bedauerten das.

Es hätte sich gehört anzuklopfen. Eva aber, heute war sie entschlossener als entschlossen. Und nach wie vor die Ältere von uns beiden. Goldberg sah uns an wie Menschen, die er in Alicante wähnte. Roland Fohser erhob sich artig. Noch fremdelte er bei dem Gedanken, künftig der Chef zu sein. Ich gab ihm die Hand. Eva aber tat wie immer das einzig Richtige. Sie verkürzte ihre eingeübte Ansprache nochmals, und zwar auf das allerletzte Wort.

„Aus." Und flüsterte tatsächlich. Drehte sich energisch um, ging, kehrte jedoch zurück, fasste mich an der Hand, ging zusammen mit mir hinaus. Hoch erhobenen Hauptes – wie Dichter solche Gesten zu beschreiben pflegen.

AUS.

Alles war gesagt. Bis auf alles, was noch zu sagen sein würde. Eva sah mich eine Nuance zu siegessicher an.

„Jetzt ist es wieder da", erkannte ich augenblicklich.

„Was meinst du?"

„Du hältst den Kopf, als wenn du eine Krone darauf trägst."

AUS – redet sich schnell. Die Folgen dauern meistens etwas länger.

<u>Eintrag in Evas Tagebuch:</u>

Bin jetzt Mitte fünfzig. Für Frauen, wie ich weiß, kein Alter.
Adam bewegt sich auf die Fünfzig. Und wird behutsamer. Zu jung
für Ruhestand, unter dem wir bei uns, je näher er rückt, desto
weniger vorstellen können.
Ich habe AUS geflüstert. Wie nun weiter?
Wir haben uns erst Illusionen gemacht, dann Vorwürfe, am Ende
Mut. Einmalige Chance, noch mal richtig von vorne anfangen und
so. Im Geiste spielten wir Gelegenheiten, Hoffnungen, Trümpfe,
Zustände und geeignete Partner durch. Logisch dass wir früher oder
später genau darauf kamen und… am folgenden Tag an der Plaza
Catalunia, auf dem Dach des Kaufhauses El Corte Ingles speisten.
Jaime mit uns. Barcelona. Jaime bestand darauf, uns einzuladen,
so begeistert war er. Wir müssten jede Chance nutzen, so viel war
klar. Je größer die Chance, desto schmerzhafter aber ihre Nutzung.
Adam wollte darüber schlafen, Jaime wollte einen Plan. Ich ent-
schied, wir legen los, probeweise. Und den Plan? Machten wir so-
fort, hier, gemeinsam. Ich merke es schon gar nicht mehr – bin
derart daran gewöhnt, die Entscheidungen zu treffen.
Apropos Adam und behutsam: Habe im Internet gelesen: ‚Ken-
neth' soll keltischen Ursprungs sein. Nicht er selber, sein Name.
Bedeutet ‚hübsch, tüchtig, oder flink'. Passt? Fehlt nur sein Hang
zum Alles-verstehen-wollen. Der Name Kenneth, meint Wikipe-
dia, könnte aber auch eine ganz andere Herkunft haben und dann
‚königlicher Schwur' oder ‚Feuerkopf' besagen. Eine Deutung in
Richtung ‚Glückspilz' wird nicht erwähnt.

Unvorhergesehener Sinn

Der Mann gibt nicht auf. Er möchte dem Gedanken, der mit *Pflege* umschrieben wird, einen Sinn geben. Will eine befriedigende Aufgabe darin finden, die Frau zu betreuen. Wenn es ihm mal wieder zu viel wird, bastelt er sich Motive, findet Gründe, rechtfertigt gegenüber sich selbst, weshalb er die Frau, *seine Eva* nennt er sie aus solchem Anlass zärtlich, weshalb er sie pflegen, ihr seine Zeit schenken wird.

Wieviel hat er eigentlich noch?

Fürsorge braucht ihren Lohn, damit sie nicht zur Großmut verkommt. Also wiegt der Mann ab: Ist er zu Dank verpflichtet? Oder geht es um Moral? Hat er sich aufzuopfern? Er hat, glaubt er.

Doch so edel ist die Welt nicht. Für Menschenliebe braucht es starke Antriebe, jedenfalls einen Nutzen. Genuss beispielsweise, Wohlstand, Augenweide. ein bisschen Held oder Ritter darf auch dabei sein. Bewunderung. Hilfreich sind die lächelnden Blicke anderer Frauen. Als wenn sie den Mann, stellvertretend für die geistig verstummte Geschlechtsgenossin, mit Sympathie belohnen wollten.

Er beschließt, dies vorerst als Dank zu akzeptieren.

137

AUS BARCELONA ZURÜCK, AKTIVIERTE ICH abgelebte Beziehungen. Eine Presseagentur biss an, es kam zum Interview mit Eva und mir. Wir drehten mächtig auf. Globalisierung im Eventbusiness, Wirtschaft trifft Kultur, Events der leisen Töne, solche Sachen eben. Das Interview erschien in mehreren Medien, vielleicht wegen der Headline *Bauer versus Goldberg*. Trotzdem mageres Echo, nur zwei Anrufe – einer von Goldberg.

Ich nahm den Hörer ab und wartete.

„Eva?" Goldbergs Fistelstimme, ich wartete weiter. „Bist du es Eva? Nach all den Jahren, wir müssen miteinander reden… Bist du noch da?"

„Hier Kenneth Bauer. Mit wem spreche ich bitte?

„Tu nicht so. Mit Goldberg natürlich." Er bot an, alle, nannte sie Missverständnisse, auszuräumen. Außerdem, wir hätten noch Geld bei ihm zu bekommen.

Vom Geld abgesehen, am Ende war es kein ersprießlicher Dialog, immerhin länger als Minuten zuvor noch vorstellbar. Zu früh jedoch für ein konstruktives Gespräch, die Eitelkeit war beiderseits noch zu frisch verletzt. Ich wollte auflegen. Eva, wie immer experimentierfreudiger, gestikulierte NO. „Nächsten Monat", schlug ich vor, wir hätten gerade viel zu tun.

Goldberg glaubte bestimmt kein Wort.

So verbrauchten sich die Tage. Mit Nichtstun, schlimmer, mit Warten. Die Jahreszeit untermalte diese Art von

Tagesablauf. Draußen ausgiebig Grau und Niesel, selbst drinnen hing etwas in der Luft. Irgendwas zwischen Resignation und Philosophie. Wir lagerten uns in Sesseln, hofften. Diskutierten beispielshalber ob es jemanden gibt, der etwas sucht, das er nie vermisst hat. Uns zum Exempel. Mich interessierte gar nicht, was Platon darüber gedacht hätte, ich stellte aber trotzdem diese Frage in unser Wohnzimmer. Und antworte mir selber, indem ich nach platonischer Art bezweifelte, dass gesichertes Wissen überhaupt erreichbar ist.

„Wohnt der hier?" Eva kannte Platon nicht.

Blaue Stunde.

Dazwischen ein lächerliches Geräusch.

Telefon.

„Unser erster Kunde", sagte ich. Wir standen auf, ich behutsam, Eva war schneller.

Ich hörte wie sie im Nebenzimmer ein paar Worte wechselte und lachte. Schmunzelte noch, als sie zurückkam. „Stell dir vor, da behauptete jemand, die Firma Dingdäng oder Singsäng sei am Apparat. Jimmy, der Präsident, wolle uns sprechen."

„Und?"

„Ich habe ihn ausgelacht und aufgelegt. Dingdäng? Spaßvogel." Es war die Zeit, als man sich, Eva eingeschlossen, noch nicht daran gewöhnt hatte, dass sich Weltkonzerne bereitwillig Google oder Yahoo! nannten.

„Kann es auch *Think Tank* gewesen sein?"

„Möglich, wieso?"

Dann hättest du soeben dem Boss eines der spannendsten Unternehmen die kalte Schulter gezeigt. Thinktank Universal Limited ist eine der mächtigsten Softwareschmieden, eigene Privatuniversität, das Marketing nennt sich Horoskop, die Produkte sind Geistesblitze."

Unser Telefon, einfallslos, es wiederholte sich.

Diesmal ließ mir Eva den Vortritt.

Erneut der Spaßvogel. Ein längeres Gespräch, ich bedankte mich. Ging herüber zu Eva. „Pack schon mal alles ein."

„Was denn?"

„Alles, was man in Brüssel so braucht."

„Brüssel?"

„Morgen früh. Wir werden erwartet."

„Europäische Union?"

„Nein Dingdäng."

Wenn schon Brüssel, dann Grand Place, schönster Platz der Welt. Thinktanks Präsident empfing nicht im Büro, er beliebte die Zeit des Gesprächs mit uns zum Speisen zu nutzen. Gourmets, sogar Einheimische, lassen sich im *La Maison du Cygne* verwöhnen. Ein stolzer steinerner Schwan spreizt seine Flügel über dem Eingang, hier soll Karl Marx mal Sitzungen geleitet haben.

Der Präsident, gnädig „just call me Jimmy", erläuterte die Gründe unseres Treffens. Erstens fühle er sich uns verbunden. Er habe, seinerzeit noch Vizepräsident in jenem anderen Konzern, an der von uns organisierten Veranstaltung in Barcelona teilgenommen. Gute Arbeit, hundert Prozent Europa. Er würde den Event gern mit seiner neuen Mannschaft wiederholen. Und er wolle nur mit uns darüber sprechen, *face to face*, nannte er das. Er lege äußersten Wert auf Diskretion in diesem Fall.

Der Fall bestand darin, ein Gebäude zu finden, ein Viel-Sterne-Hotel, abgelegen, fast unerreichbar, dazu naturverbunden, gesunde Meeresluft, nahe Barcelona... kurz, er suche einen tauglichen Ort, um etwa 100 Teilnehmer zu einer Mannschaft zu schmieden. Unser Job dabei: Ein Gebäude in geeigneter Lage sei zu finden und ein angemessenes Konzept zu entwerfen. Wir hätten sechs Monate Zeit.

„Fünf Monate", bot Eva an, überraschend. Tatsächlich hatte sie die Monate bis September berechnet. Dann fand *La Mercè* statt. „Im September haben wir in Barcelona das optimale Wetter", behauptete sie. Das leuchtete dem Präsidenten ein. Fünf Monate also.

Wir einigten uns auf ein befriedigendes Honorar.

Als Dessert diente geeiste Melone.

Wir flogen, um etliche Zukunftssorgen erleichtert, zurück, machten uns auf Geheiß eines Präsidenten, der

Jimmy hieß, an die Arbeit. Einstweilen nichtsahnend, dass es weniger Arbeit als ein Zufall sein wird, der zum Erfolg führen würde.

Und wieder hieß der Zufall Jaime. Er stöberte am Strand südlich von Barcelona einen luxuriösen Hotelneubau auf. Abgeschieden, auch Neugierigen noch unbekannt. Unsere Reisegruppe würde die erste sein, die das Hotel benutzt.

Amerikaner, auf Einmaliges und Hygiene bedacht, mochten das.

„Zufälle", meinte übrigens Diogenes, der Philosoph und Satiriker, „Zufälle sind unvorhergesehene Ereignisse, die einen Sinn haben."

Eva liebte diesen Satz.

„Ich bin ein Zufall, der einen Sinn hat."

EIN GEFÜHL WIE ERSTICKEN. Lange unbemerkt. Irgendwann bemerkt es der Mann. Wird es ihm zu viel? Eine Stunde nach dem Frühstück kehrt Müdigkeit zurück. Der Kopf läuft über. Der Tag kommt nicht in Gang, du schläfst vorher, schläfst, wenn du die Frau anziehst, ihren verblühenden Körper wäschst, die Küche aufräumst, den nassen Slip samt Einlage unter dem Sofa findest. Sogar dann, wenn du dich daran klammerst, aufrichtest, dass es immer sehr schön mit ihr war, dass die Frau dich braucht. Anderen gegenüber zuzugeben, dass dir manchmal die Knie weich werden und dass du am liebsten drei Tage und Nächte im Bett bleiben würdest, darüber auch nur nachzudenken, erlaubst du dir nicht.

Dass alles zu viel wird, dass alles nicht so weitergehen kann wie früher, irgendwann wird es dem Mann bewusst. Allerdings anders als erwartet. Sein Leben hat, ohne ihn zu fragen, neues Terrain betreten. Nichts wird wie früher sein. Klar wird ihm, dass er sich beschränken muss. Loslassen.

Aber was?

Fernsehen, irgendeine Sendung über große europäische Parkanlagen – Gemälde aus Natur, Platz für Ruhe, Bäume zu Versammlungen gruppiert, die sich in ruhig fließendem Wasser spiegeln, Beethovens viertes Klavierkonzert. Da plötzlich erscheint ihm die Hälfte von dem, was ihn tagsüber in Trab hält, überflüssig. Nur welche

Hälfte? Oder beide Hälften? Warum muss er noch über berufliche Dinge nachdenken, klammert er sich daran? Warum sich über Schwachsinn auf Plakaten im laufenden Wahlkampf erregen? Loslassen. Auch wenn es wichtig war, es durfte nicht wichtig bleiben. Entrümplung? Da merkt er, dass er sich verändert hat.

Beginnt er, sich zu verabschieden von seiner Vergangenheit? Und was ist mit der Gegenwart, der Zukunft?

Die Frau findet sich immer weniger in ihren sinnlichen Wahrnehmungen zurecht. „Mir ist kalt", weckt sie den Mann. Nebenan auf dem Rollstuhl liegt eine Decke, er holt sie, breitet sie, eine Liebeserklärung zum Anfassen, über die Partnerin. „Danke", sagt sie. Wirft die Decke weg. „Mir ist kalt!" Die Frau hebt das Nachthemd „Da, ich schwitze." Sie schwitzt wirklich.

„Dir ist nicht kalt, dir ist zu warm", sagt, entschuldigt sich der Mann.

Sie protestiert. Was kalt und was warm ist, darüber wünsche sie nicht belehrt werden. „Bin ich die doofe?" Und überhaupt, sie würde jetzt gehen. Nach draußen, weit weg.

Der Mann stimmt zu, fast beglückwünscht er sie zu der Idee, malt ihr die zweifelhaften Vorzüge von *draußen* aus. Frische eiskalte Luft, schön Dunkel, herrlicher Schnee über spiegelglattem Eis.

„Wusste ich nicht. Vertragen wir uns wieder?"

Gab der Klügere nach?

Dunkelheit absolut. 2:00 Uhr. Nachts? Wer ahnt schon, aus dem Schlaf geschreckt, dass es *morgens* um 2:00 Uhr ist?

Der Mann hört eine Stimme, undeutlich.

„Hast du etwas gesagt?" fragt er beunruhigt.

Geflüster. „Ja."

„Was denn?"

„Weiß ich nicht mehr." Die Frau vergisst jetzt oft in Sekunden.

Die Nacht könnte so friedlich sein. Wäre da nicht das Rütteln an seiner Schulter. Die Frau, neben ihm im Bett, sie bittet, hat noch eine Frage. Es sind sogar drei Fragen: „Kannst du mir bitte sagen, wer ich bin", interessiert sie auf einmal. „Und wer bist du? Und wo sind wir?"

Der Mann könnte ungehalten sein, wieder wird sein Schlaf gestört. Doch die Sätze berühren ihn. Mitleid. Erst mit sich, dann mit ihr, der Frau, die sich stets auskannte, fest auf dem Boden stehend, inmitten noch so vieler Menschen und Realitäten. Konnte es sein, dass sie nun suchte, wovon sie lebenslang im Überfluss hatte? Und dass sie es verloren hatte? Ihr Ich, Selbstbewusstsein, Identität? Ihr Eva-typisches Dasein?

145

„Fangen wir mit dir an", gibt der Mann sich systematisch. „Du bist die Eva, meine Freundin, zugleich mein Freund, Begleiterin und Begleiter durch mein bisschen Universum namens Lebenslauf." Der Mann redet manchmal, als wenn er schreiben könnte. Oder vergisst er nur, zu wem er redet? „Seit über 30 Jahren", sagt er. „Da begann das mit uns. Du hast es mir nicht gesagt, sondern gezeigt.

„Wie?"

„Splitternackt."

„Ich? Wozu?"

„Du wolltest, dass ich wieder zu dir komme."

„Wusste ich nicht", es klingt zweifelnd. „Und du?"

„Ich bin der, von dem du wolltest, dass er wiederkommt."

„Wusste ich nicht." Jetzt klingt es amüsiert.

„Um das Wiederkommen hat sich bei uns alles gedreht. Also habe ich ein Paar Sachen eingepackt und bin zu dir, in deine Wohnung gezogen. Deine! Alles hier gehört dir."

„Du auch?"

„Ich natürlich auch."

Stille. Scheinbarer Themenwechsel.

„Ich sehe mal in den Zimmern nach. Darf ich? Kommst du mit?" fragt sie. Ohne ihn geht das nicht.

Der Mann glaubt, sich auszukennen. „Liebes, natürlich kannst du machen was du willst. Du hast allerdings vorhin schon ein paarmal die Wohnung durchsucht. Und du weißt ja, da war niemand und nichts los", gibt er zu bedenken.

„Du bist gemein." Das sagt sie, wenn sie Angst hat. „Komm bitte mit. Für mich."

„Für dich tue ich inzwischen etwas anderes."

„Du?" Klingt jetzt sogar neugierig. „Was tust du für mich?"

„Ich schlafe."

„Für mich?"

„Na ja, für dich und für uns beide. Du weißt doch, morgen werde ich Frühstück machen, aufräumen, und dann wollen wir noch Zeit haben, mit dem Auto die Welt zu besuchen."

Zwischendurch wieder Stille. „Hat mein Vater angerufen?"

Jetzt bloß nicht erwähnen, dass ihr Vater seit etwa fünfzig Jahren tot ist. „Ich habe nicht mit ihm gesprochen", bleibt der Mann bei der Wahrheit.

„Du magst mich nicht mehr." Die Frau klettert aus dem Bett, schlurft hinaus. Ins Bad, denkt der Mann, Denkt, bis er fast eingeschlafen ist. Doch die Frau kehrt nicht zurück. Er sucht, ruft. Die Wohnung steht voll im Licht, die Tür zum Treppenhaus offen.

Panik.

Das unkontrollierte Verschwinden eines dementen Menschen gilt als größtmögliches Versagen des Pflegers.

Es gibt einen Zettel, *Notfallplan* genannt. Darauf hat der Mann sich Namen und Institutionen notiert, Telefonnummern, nützliche Adressen. Doch wo ist jetzt der Zettel? Auf der Suche gerät er in die sogenannte Besenkammer, in der noch nie ein Besen gestanden hat. Schaut hinter den Vorhang, der den Zähler des Stromlieferanten verbirgt. Sinnlos, warum sucht er hier? Zurück in den Flur, auf der Garderobe liegt seine Brieftasche, soll sie nicht, daher nimmt er sie an sich, nichtsahnend, dass sich der gesuchte Notfallzettel nunmehr in seiner Hand befindet. Endlich hat er die naheliegende Idee, im Treppenhaus das Licht einzuschalten. Dort findet er sie. Die Frau sitzt, barfuß am ganzen Körper, auf einer Treppenstufe, bibbernd. Ein furchtsamer Blick, als der Mann sie entdeckt, ein Blick tief aus dem Unverständnis. Dann ein Statement: „Ich weiß überhaupt nicht, was los ist."

„Stimmt", lobt der Mann, unendlich erleichtert. „So ist es. Gar nichts ist los."

Freude seitens der Frau. Nicht darüber, dass nichts los ist. Sondern dass sie Recht hat.

Die Frau hat nicht verstanden. Braucht sie auch nicht. Ein dementer Mensch muss sich verstanden *fühlen*.

VON GOLDBERG HÖRTEN WIR NICHTS. Es kam zur normalen Zerreißprobe. Wer würde zuerst das Schweigen brechen, die selten benutzte *Hand zur Versöhnung* reichen? Das Sprichwort siegte, der Klügere gab nach. Goldberg war weise, aber nicht klug.

Also ich.

Wir waren Fans von Truman Capote und nannten sie einfach Holly. Goldbergs Sekretärin, seine ‚rechte und linke Hand‘. Obwohl sie nicht die Spur kapriziös, eher schrullig war und bestimmt niemals auch nur einen Dollar ‚für die Toilette‘ angenommen hätte. Es war die pomadig sorglose Art, die Lautstärke, mit der sie vor ihrer offenkundigen Lebensangst flüchtete, die uns Vergleiche aufdrängte. Sie meldete sich am Telefon.

„Guten Tag, Holly. Kenneth hier.“

„Wer?“

„Kenneth Bauer. Der Adam.“

Ein lauter Schluchzer. „Ach Sie, Adam? Wenn sie doch wirklich hier wären.“

Ich war mir keiner besonderen Sympathie von Seiten Hollys bewusst.

„Vielleicht sehen wir uns schon in Kürze wieder“, tröstete ich sie. Ironisch.

Holly schluchzte. Mir fiel ihr Grund für häufigen Liebeskummer ein. Immer derselbe Mann. Immer dasselbe Elend. Nur jedes Mal eine andere Frau.

Spontan legte ich Mitgefühl auf. „Tut mir Leid für dich, Holly. Aber würdest du jetzt die Liebenswürdigkeit besitzen, mich mit Goldberg…"

Holly, wie ein Unwetter im Telefon, brach in Tränen aus. „Der Chef ist nicht da."

Goldberg reiste viel. Ich hielt das nie für einen Grund zum Weinen, es gehörte zu den eingeübten Abläufen im Konzertbüro. Goldberg knüpfte auf Reisen neue Kontakte, schob neue Projekte an – und gab durch seine Abwesenheit den Mitarbeitern die Chance, diese Projekte zu realisieren. „Wann erwartet ihr ihn zurück?"

„Nie."

Schweigen. Schaudern. „Holly?"

„Goldberg wird nie wiederkommen", heult Holly.

„Mein Gott, ist er…?"

„Das Herz. Gestern haben wir ihn zum Friedhof begleitet."

„Und?"

„Und jetzt wird sie unser Chef."

„Wer denn?"

„Die Rosanna, Goldbergs Tochter. Das macht mir Angst, wir bekommen eine sehr junge Chefin." Schluchzen, noch heftiger. „Erst zweiundzwanzig."

Mein Hinweis, als Balsam gemeint, war blöd. „Ein gutes Alter, da habe ich Eva kennen gelernt. Hat Rosanna Goldberg auch schon jemanden kennen gelernt?"

„Sie möchte *euch* kennenlernen."

Rosanna Goldberg lud uns ein. Savoy. Vielleicht nicht das erste, umso sicherer das teuerste Haus am Platz. „Ich liebe den Laden", empfing sie uns. „Sie haben weit und breit das beste Zitroneneis." Diese Rosanna hatte ich mal auf einer Premierenparty erlebt. Vor fünf Jahren, da war sie siebzehn, trug ein vorlautes Röckchen, lutschte Bonbons mit Coca Cola Geschmack, nippte an Champagner und wollte Bühnenbildnerin studieren. „Mich reizt die Verknüpfung von Architektur darstellender und bildender Kunst", plapperte sie den Wunsch ihres Vaters nach.

Heute, bei Zitroneneis, gab sie sich 22jährig, ernst und vielbeschäftigt. „Können wir gleich zur Sache kommen?" Die *Sache* bezog sich auf Eva, ihre Erfahrung würde gebraucht. „Das heißt", Goldbergs Tochter bekam einen treuherzigen Augenaufschlag hin, „eigentlich brauchen wir nicht nur Evas Erfahrungen. Vor allem auch ihren Namen und ihre Bekanntheit bei unserer Klientel."

Eva tat das cleverste, was sie in diesem Moment tun konnte. Sie schwieg und wartete.

„Der Name Goldberg, verstehst du, und dein Name dazu. Da kann nichts schief gehen. Oder?"

Weiterhin Schweigen. Gibt es interessiertes Schweigen?

„Daher…", Rosanna zögerte wie vor dem Sprung vom 10-Meter-Brett. „Daher wird das Konzertbüro

künftig von zwei Geschäftsführerinnen geleitet werden."
Sie hatte in den Personalakten gestöbert. „Formal bist du
sowieso noch Angestellte bei uns. Nebenbei schulden
wir dir auch noch Gehalt und Gelder von der Sache mit
Ben Brivolta."

Von mir war dann nicht mehr die Rede.

„Und Adam?" interessierte sich Eva daher.

„Auch kein Problem. Wenn du einen Assistenten
brauchst…"

„Ich würde ihn nicht Assistenten nennen, sondern
Generalbevollmächtigten… oder etwas in der Art."

Rosanna Goldberg kämpfte mit sich, vielleicht auch
mit dem Andenken an ihren Vater. Als wir schon dach-
ten, sie würde gehen, bestellte sie noch eine Runde. Zitroneneis. „Um unsere Abmachung zu besiegeln", seufzte
sie wie eine geübte Geschäftsführerin, improvisierte
auch gleich eine erste Sitzung der erweiterten Geschäfts-
leitung, die künftig, im Jargon der übrigen Mitglieder und
der Belegschaft des Konzertbüros ein *Savoy-Meeting* genannt, im Olymp, 17. Stockwerk, tagen würde.

„Was ist als Nächstes zu tun?"

„Ein Brief an alle Geschäftsfreunde und die von uns
betreuten Künstler", sagte ich. „Neue Geschäftsführung,
bekannte Gesichter, Goldberg und Bauer, mit frischen
Ideen, offen für neue kulturelle Entwicklungen – aber
natürlich ganz im Geiste des Gründers." Rosanna dachte
zusätzlich an einen PR-Coup. Eine Erweiterung. „Muss

nicht gleich den tollen Umsatz bringen. Aber die Klientel darf uns jetzt nicht abschreiben, bloß weil mein Vater nicht mehr da ist. Das Konzertbüro muss im Gespräch bleiben."

Evas und Adams Chance, von vorn anzufangen.

Nur Eva weiß, warum wir uns am nächsten Tag in diese Kneipe verlaufen haben, um ungestört sein zu können. Hatte sie übersehen, dass eine Mehrheit an Kalender glaubt und gerade Karneval feierte? Wie im Auge eines Orkans, umtost von vergnügungslüsternen Narren kämpften wir nun um Ideen für Rosanna.

„Das wird hier nichts", resignierte ich.

„Nur hier", wehrte Eva ab.

Etwa 100 Gäste schwankten soeben als Polonaise um die Tische. Im Vorbeigehen schnappte sich jemand Evas Bier. „Ich habe vorher rein gespuckt", warnte sie. Der Mensch stellte tatsächlich das Glas zurück.

„Weißt du, ob Rosanna was gelernt hat?"

„Bühnenbildnerin, glaube ich. Jedenfalls hat sie so-was studiert." Eine schrille Alte im Bikini ruhte auf mei-nem Schoß aus. Ich schubste sie weg.

„Lass nur, das setzt uns unter Druck. Macht kreativ:"

Wie immer hatte Eva Recht. Mit einer Idee, auf zwölf Bierdeckel verteilt, desertierten wir eine Stunde später vom Karneval.

Erneut Zitroneneis, diesmal auf dem Olymp serviert. Rosannas bezog alle leitenden Mitarbeiter von Vornherein ein. Unsere Idee aus der geräuschvollen Kneipe war jetzt auf DIN-A4 ausgedruckt und hieß Konzeption.

Rosanna las laut vor, lächelte. „Das Konzertbüro mit einer Spezialabteilung für Open Air, Wald-, Seebühnen und so? Gefällt mir. Klingt zukunftsfähig. Wenigstens sollte keiner auf den Gedanken kommen, mit uns sei nicht mehr zu rechnen." Die junge Chefin skizzierte den Hoffnungsschimmer als sei er bereits Realität. Dennoch kein Widerspruch. Niemand wollte sich die Chance verderben, Leiterin oder Leiter der neuen Spezialabteilung zu werden.

Eva aber praktizierte noch ein paarmal ihre Art zu leben: Unter anderem mit einem Welterfolg. Sie organisierte gemeinsam mit einem berühmten französischen Pantomimen die Besetzung und Aufführung einer Bearbeitung des Klassikers der Salzburger Festspiele. Der *Jedermann* von Hugo von Hofmannsthal als Pantomime, aufgeführt in der finnischen Stadt Savonlinna im überdachten Innenhof einer mittelalterlichen Burg, die inmitten eines Sees liegt. Fernsehanstalten rissen sich weltweit um Übertragungsrechte. Das *Spiel vom Sterben des reichen Mannes* ohne Worte, mit drastischen Gesten und Kostümen, dazu knallige Symbolik mit Musik und Videoprojektion.

SCHRIFTEN UND EINLASSUNGEN von Experten haben dem Mann nahegelegt, zwischen drei Stationen der Demenz zu unterscheiden.

Stark vereinfacht:

Erst treten Lücken in der Erinnerung, Vergesslichkeit im Alltag und „eine gewisse Schusseligkeit" auf. Mitten im Gespräch wollen bestimmte Wörter nicht einfallen. Orientierungsschwierigkeiten tauchen auf.

Im zweiten Stadium verblasst die Erinnerung an Begebenheiten und geliebte Menschen, die allgemein als *unvergesslich* gelten. Die Orientierung in den Zeiten des Tages wird schwierig.

Menschen in der dritten Phase sind, gleich bei welchen Tätigkeiten, auf Hilfe angewiesen und verlieren am Ende oft die Kontrolle über ihre Körperfunktionen.

Vom methodischen Kunstgriff angetan, einen Sachverhalt in drei Phasen zu veranschaulichen, hat der Mann drei Lernphasen seiner Pflegejahre formuliert:

In der ersten lernte er, mühsam genug, die „gewisse Schussligkeit" der Partnerin hinzunehmen. Er redete sich ein, glaubte, sich damit abgefunden zu haben, dass sie nichts dafür kann, wenn sie, was auch immer, vergisst, macht oder behauptet.

Die zweite Phase war durch mehr oder weniger hilfreiche Versuche geprägt, sich in die Lage der dementen Partnerin hineinzudenken, um elementares Wissen für pflegerisch korrektes Verhalten zu gewinnen. Etwa: Nicht widersprechen, sondern zustimmen, loben. Niemals *Nein* sagen, wenn sie fragt, ob sie etwas helfen könnte. Sondern blitzschnell überlegen – es gibt immer etwas, das Dementen die Einsicht vermittelt, geholfen zu haben, sich nützlich zu machen, wertvoll zu sein.

In der dritten Phase (die nicht jede Pflegeperson erreicht) wurden die im Zusammenleben gewonnenen Kenntnisse umgesetzt. Nicht die Pflege als Last empfinden, sondern als eine Erfahrung. Nicht sich bemitleiden, sondern motivieren. Nicht einfach Pfleger sein, sondern zugleich Kumpel, Komplize. Nicht hinhören, wenn Besserwisserei, Rechthaberei der Mitmenschen den für richtig gehaltenen Weg infrage zu stellen versuchen. Endlich die hohe Schule der Pflege: Langmut aufbringen und sich noch im Schlaf aufsagen: Wer dement ist, muss Recht bekommen – und sich entsprechend verhalten. Sie will nachhause? Lass uns einen Plan machen. Aggressivität? Die Antwort sei Sanftheit.

Zwischenfragen zur Therapie von Demenz: Wird man Erinnerungen künstlich erzeugen können? Kommt es zum Beweis, dass Gedanken nicht frei sind wie in dem uralten Volkslied behauptet, sondern auch draht- und schmerzlos dem Gehirn zu entnehmen und durch andere zu ersetzen sind? Wird es Erinnerungsprothesen geben. Oder Erinnerungsimplantate? Auf Krankenschein?

Eva will es nochmal wissen

In Bamberg (für Ortskundige: im Historischen Museum beim Kaiserdom). Wir hatten da ein Gespräch inmitten von Renaissance und Alter Hofhaltung.

Ein zähes Gespräch. Spät war es geworden.

Erst weit nach Sonnenuntergang konnten wir die Heimfahrt antreten, über die Autobahn, vom Mond silbrig beleuchtet, heller als von unseren Autoscheinwerfern.

Es geschah irgendwo zwischen kleinen fränkischen Dörfern. Nahe der Straße eine Scheune, die mit den Jahren zu Romantik verfiel. Eva bat anzuhalten. Wegen der Romantik? Sie habe mir etwas mitzuteilen. Ihre Stimme klang bewegt.

„Heiratsantrag?"

„Eine – wenn du so willst – Liebeserklärung."

Ich kurvte auf den Platz vor dem von Altersschwäche weit geöffneten Scheunentor, stellte den Motor ab, schwieg. Alles schwieg. Abgeschiedenheit, still wie Mondlicht, umarmte uns, Nacht kuschte vor Erwartung.

„Schluss. Ich werde aufhören", Eva sprach leise. „Nächste Woche ein letztes Mal Paris, dann ist Schluss." Noch ehe ich den Mund öffnen konnte: „Sag jetzt nichts. Hör mir erst zu. Ich werde jetzt definitiv aufhören. Nicht zu leben, schon gar nicht mit dir zu leben. Aber mit meiner Arbeit. Unser Palaver eben, im historischen Museum, hat mir den Rest gegeben. Ich kenne sowas jetzt. Etwas Neues soll an der Reihe sein." Sie stieß die Wagentür auf, stieg aus, umrundete das Auto. Ich erhielt Zeit zu rätseln. War dieser Tag zu anstrengend? Kenne ich diese Eva? Sie umrundete mich mindestens viermal, klopfte an die Scheibe neben dem Fahrersitz, winkte mich heraus. Von einer *Erfahrung* sprach sie und dass sie ihr fehle. Sie wolle wie eine Hausfrau leben. Ein Experiment. Mir, dem Mann den Haushalt führen, ihm das Essen kochen, ihn nach seinem Tageslauf ausfragen. Und Schuhe kaufen wie andere Frauen. „Ich möchte noch erleben, was mir erspart geblieben ist."

Daheim dann, nachts: „Halt mich fest. Ich werde dich brauchen, mehr als zuvor." Was ging in Eva vor?

Wir informierten Rosanna. Sie gab sich derart entsetzt, dass nicht zu übersehen war, sie freute sich. Endlich würde sie zeigen können, dass sie es auch allein schafft. Kein Kommentar, nur eine Bitte äußerte sie: „Wenn du jetzt sowieso nach Paris fährst… André, der Chansonnier, erinnerst du dich? Bis vor zehn Jahren war er auf dem Weg zu einer steilen Karriere, derzeit soll er in Paris im *Colon* auftreten. Nie davon gehört. Vielleicht ist da was für uns. Und Adam…?", fragte Rosanna noch. Und antwortete: „Bleibt einstweilen unser Hausdichter."

Eintrag in Evas Tagebuch:

Ein lauschiger Platz. Tische und Stühle, gefährlich nahe am Verkehr, ein Lieferwagen drängelt sich vorbei, Millimeterarbeit.

Das Colon entpuppt sich als Bistro.

Ich betrat es ohne Überzeugung. Bis unter die Decke Zeichnungen, Fotos, Ansichtskarten, Plakate. Auf der Theke dufteten knusprige Baguettes in einem geflochtenen Korb. Die Umgebung, in der ein bekannter Künstler auftrat? Ich mäanderte durch Wein- und Cappuccino-Trinker, fragte an der Theke nach André. Überraschung: man kannte ihn. Ein nikotingelber Finger zeigte auf das emaillierte Schildchen zur Herrentoilette. Also warten. Nach zwanzig Minuten fragte ich erneut. Gleiche Antwort, eine eindeutige Geste, ich folgte ihr tapfer. Immerhin mein erster Zutritt bei „Messieurs". Spärlich, ein paar Kacheln fehlten. Das Waschbecken mit einem Brett bedeckt. Darauf Töpfchen, Fläschchen, eine Haarbürste, Cognac. Darüber eine Glühbirne, davor ein alter Mann, der sich schminkte. Die Künstlergarderobe? „André?" fragte ich. Er betrachtete mich, seine Hände zitterten, als er die Cognacflasche absetzte. „Du?" Er erhob sich qualvoll, breitete die Arme, sang, schmetterte: „Vor der Höhe." Dann stürzte er über seine eigene Begeisterung. Jemand kam aus dem Pissoir, half mir, ihn aufzurichten. Ich bot André an, ihn nachhause zu bringen. Er wischte Blut von den Lippen. „Mein Zuhause ist das Sofa hinten im Bistro. Sie geben mir zu essen, was andere Gäste auf dem Teller gelassen haben. Und genug zu ähh, zu trinken!" Von irgendwas müsse er leben. Dann übergab er sich.

Hätte ihm genutzt, wenn er mir leid getan hätte?

159

Verlobungstag

Abends eher als morgens fällt der Frau auf „Du sprichst gar nicht mit mir."

Beim Autofahren hilft dem Mann eine Ausflucht. Er müsse sich auf den Verkehr konzentrieren, sagt er, und die Frau wirft ihm einen Blick zu, irgendwo zwischen Einsicht und Hochachtung. Bei anderen Anlässen wäre die Erklärung ähnlich einfach, nur wird sie nie ausgesprochen: Nach Jahrzehnten ist nun mal Vieles oft genug und bis zur Unkenntlichkeit gesagt worden.

Keine konkreten Erinnerungen sind der Frau geblieben – jedoch gewisse Ideen, Vorstellungen, Einbildungen, wie das damals gewesen zu sein hat. Mindestanforderungen gleichsam. Erinnerungen, die den Erwartungen der Frau genügen. Dazu gehört, dass ihre Eltern noch leben, ihre Geschwister, die Zwillinge, gleich nebenan wohnen, dass morgen jemand kommt, der sie nachhause abholt, aber erst, nachdem der Mann geschworen hat, sie dort, zuhause, zu besuchen und dass in den Erinnerungen ein bisschen Sex vorkommt, an dem sie selber natürlich nicht beteiligt ist. Für Erinnerungen an ihren Beruf gibt es allerdings keine Beschränkungen. Goldberg und das

Konzertbüro, Tourneen und Künstler – alles findet sie sehr spannend. „Was ist ein Goldberg?" fragt sie zwischendrin. Ebenfalls erlaubt: Dass sich der Wortlaut bei jeder Wiederholung weiter von der Wahrheit und den Realitäten entfernt. Nicht hingegen darf ihr Elternhaus den Bomben zum Opfer gefallen sein, oder ein Hund ohne Leine auf der Straße herumstreunen.

Der Mann, obwohl er darin keine Rolle spielt, hat gelernt, Erinnerungen aufzubereiten, indem er sie wie Geschichten oder Märchen erzählt. Die Erinnerungen werden dabei bis zur Glaubhaftigkeit erwünschter. Sie beschreiben eine Vergangenheit, die den Gedächtnisresten der Frau willfährig ist. Es geht nicht um Meinungsaustausch. Schon gar nicht darum, sie über ihre Situation aufzuklären. Der Mann soll erzählen, nicht von Gewissheiten, keine Gute-Nacht-Geschichten, er soll verdämmerte Erinnerungen wecken.

Gelegentlich wird der Mann sich überlegen, sich quälen:
Wird seine Liebe scheitern, zu Mitleid verkommen?
Ist eine Frau ohne ihre Erinnerungen ein Monstrum?
Schämt sie sich?

VON HEGEL, HEIDEGGER, JASPERS BIS SARTRE wird *Dasein* gern als Existenz verstanden, wird der Begriff des Daseins vom bloßen Vorhandensein abgegrenzt: Dinge, Sachen sind „vorhanden", der Mensch aber darf *da sein*.

Eva beklagt: „Wir werden in unserem Dasein nie so etwas haben."

„Was, Liebes, werden wir nie haben?" frage ich.

„Eine hochanständige Goldene Hochzeit."

Darunter stellt sie sich vor: Hundert Gäste, mindestens. Der Bürgermeister schaut mit Pralinen aus dem Supermarkt vorbei, der Pastor mit gesegnetem Appetit. Es regnet Blumen, mehr Blumen, noch mehr Blumen, Geschenke. Allein drei neue Kaffeemaschinen.

„Wir werden keine Goldene haben. Weil wir versäumt haben, uns gegenseitig zu heiraten." So hatte Eva noch nie über eine Beziehung zu mir gedacht.

„Aber wir sind doch verlobt, oder?" muntere ich auf.

„Stimmt." Eva hat das Gespür für heraufziehende Sensationen. Spontan erkennt sie Aussichten auf ein Abenteuer. „Daran habe ich noch nie gedacht." Sie zögert. „Kann man das eigentlich ernst nehmen, verlobt sein?"

„Wenn nicht, werden wir die ersten sein, die es gefälligst ernst nehmen. Außerdem die ersten, die den — warte mal, wir haben jetzt 2008, ich muss nachrechnen —

die den 41. Verlobungstag feiern. Grund zur Megafete, mindestens."

Eva, gerade mal siebzig Jahre alt, war Feuer und Flamme. Die nächste Stunde verbrachte sie damit, eine Gästeliste zu verfassen. „Was meinst du? Kommt Jaime aus Barcelona? Und Ben, unser Milliardär?"

„Bestimmt." Ich war nicht sicher.

„Dann sind es jetzt 102 Namen auf meiner Liste."

Ich überflog das Papier. Eva, großzügig wie immer, sie schien niemanden übersehen zu haben, auch Unsympathen nicht. „Was ist mit deinen Geschwistern?"

„Vergessen!" Eva kritzelte sie der Liste hinzu. „Mein Gott, dann sind es jetzt 104."

Was als Scherz begann, bekam die bewusste tiefere Bedeutung. Auch in finanzieller Hinsicht. Wir hatten es ja. Ein Grafiker gestaltete die Einladung. *Zum 41. Verlobungstag.* Viele antworteten nicht, andere sagten sofort zu, einige erkundigten sich: Handelt es sich um einen Scherz? 41. Verlobungstag?.

Nächste Frage: Was zieht man da an?

Eva empfahl sommerlich festliche Garderobe. Bruder Hartmut nahm *sommerlich* allzu wörtlich, er trug Bermudashorts. Die Tante, bei der Eva aufgewachsen war, erschien in Schwarz. Ben in Jeans. Eva hatte sich ein besonderes Outfit schneidern lassen. Wenn man genau hinsah… eine Ahnung von Hochzeitskleid.

Auch sonst schien Eva als Verlobte in ihrem Element zu sein. Der angemietete Saal im Hotel Bellevue stand ihr gut, sie begrüßte, wenn auch nicht 104, immerhin waren etwa achtzig Gäste gekommen. Unter Tränen umarmte sie ihren Bruder. Seine Anwesenheit war ihr offenbar wichtig. Niemand fiel auf, dass Eva ihn fragte, ob er die Pralinen aus dem Supermarkt mitgebracht hätte.

Ihre Schwester in Kanada hatte nicht auf die Einladung reagiert. Ich tröstete Eva. „Sie hat entweder den Verlobungstag oder die Nr. 41 nicht ernst genommen. Selber schuld."

Einige Tage danach auf der Terrasse, wir blätterten, schwelgten in den Fotos von unserem Einundvierzigsten. „Wer ist das?" Eva hielt ein Foto in der Hand und zeigte auf den Mann, der neben ihr abgelichtet war.

Ich habe mir nichts dabei gedacht, nur gefeixt. „Sag bloß, du erkennst den Hartmut nicht?"

„Wer soll das sein?"

„Dein eigener Bruder."

„Der?" Es klang unsicher. „Mein Bruder?"

„Na hör mal", amüsierte ich mich noch.

Sie knabberte an einem Butterbrötchen. Langsam, noch langsamer bewegte sie den Kiefer.

Dabei sah sie mich lange an. Fragte: „Kennen wir uns?"

ES GIBT ZU VIELE, die zu wenig wissen. Wie die Allwissenden fühlen sie sich von der Politik angezogen. Obwohl oder weil sie dort am wenigsten auffallen.

Politiker packen Probleme an: scheinbar energisch, wenn auch achselzuckend.

Der Mann stellt sich trotzdem vor, Politiker zu sein. Deren Gehabe vor Augen, fordert er. Denn Politiker bezeigen Unternehmungsgeist, indem sie fordern. Er fordert also wie ein Politiker. Fordert, dass „demente Menschen möglichst lange in ihrer häuslichen Umgebung leben". Seine Politkollegen lassen es mit der Forderung bewenden. Der Mann aber, Spielverderber, würde gern zur Lösung des Problems beitragen.

Daher gedenkt er, etwas wie Nachbarschaftshilfe zu mobilisieren: Eine Stunde den Pflegebedürftigen beaufsichtigen, ihm Geschichten erzählen oder vorlesen, mit ihm Bilder anschauen. Das ermöglicht dem pflegenden Angehörigen, dringende Einkäufe zu erledigen, Post vom Finanzamt zu beantworten oder was auch immer. Aus eigener Anschauung, die er Politikern voraus hat, kennt der Mann allerdings die Ängste, die Vorbehalte von Menschen gegenüber dem dementen Nachbarn, der dementen Nachbarin. Was tut oder lässt man lieber? Was, wenn er oder sie aggressiv reagiert?

Lösbare Situationen – falls man Bescheid weiß. Hier, sagt sich der Mann als Möchtegern-Politiker, müsste angesetzt werden. Stattdessen wütet die Einsicht, alles ließe sich mit Geld heilen. Zumal Geld nichts kostet. Man schreibt es in den nächsten Haushalt – und schon ist es da. Aber Bescheid wissen? Das ist nicht *auf Pump* zu Lasten künftiger Generationen zu beschaffen. Peinlich genug für einen, der gewählt werden möchte, dass er den Bürgern Steuern abfordern muss. Soll man Wählern auch noch den Erwerb von Wissen vorschreiben, das man nicht konsumieren und für das man sich nichts kaufen kann?

Einen Führerschein, überlegt der Mann, erhält nur, wer an einem Erste-Hilfe-Kursus teilgenommen hat. Selbst für den Erwerb einer Privatpilotenlizenz ist die Teilnahme erforderlich. Irgendwo im Straßenverkehrsgesetz soll sogar vorgeschrieben sein, dass jeder Teilnehmer am Straßenverkehr zur Hilfeleistung bei Unfällen im Straßenverkehr fähig sein muss. Empfohlen wird daher vom Gesetzgeber, das Wissen um Erste Hilfe alle paar Jahre aufzufrischen.

Sicher doch, es gibt längst konkretere Einzelprojekte. Doch für den Anfang: Warum sollte, wer der Gesellschaft angehören will, nicht an einem Kursus zur Pflege dementer Menschen teilnehmen *müssen*?

Der Mann, in politischen Dingen naiv, schon gar im Umgang mit Schulden seiner Urenkel, lässt den Gedanken wieder fallen.

Der Mann/Adam macht einen:
Eintrag in Evas Tagebuch:

Eva, Liebes. Darf man, darf ich? In ein fremdes Tagebuch schreiben? Ich möchte deinen Gedanken meinen Dank hinzuzufügen. Gern hätte ich dir mehr gegeben.

Es ist dein *Tagebuch. Du hast Erlebnisse aufgeschrieben. Ich möchte eines hinzufügen, weil es nie stattgefunden hat und nie stattfinden wird. Es soll unvergesslich werden.*

Alles war vorbereitet. Ich wollte mit dir… was nicht noch alles? Vor aber allem wollten wir diese Reise machen. Die, von der alle träumen. Die Reise um die Welt.

Nicht auf so einer blöden schwimmenden, von kreuzfahrenden Touristen bewohnten Stadt. Sondern auf einem richtigen stolzen Schiff. Ich hatte mir vorgestellt: Sanfter Lebensabend. Glücksgefühle an einer Reling, Sonnenaufgang, Sonnenuntergang – egal. Wind, Wärme, du und ich, wir halten unsere Hände.

Wir wollten auch etwas nachholen.

Zum Glück wirst du es nun nie erfahren. Kapitäne dürfen gar keine Trauung vollziehen. Trotzdem. Unser Wunsch gilt.

Wenigstens Händchenhalten ist uns geblieben.

Geblieben ist auch, wir können uns sehen, berühren.

Eva und Adam. Ein Team, so hast du uns gesehen. Wir werden es bleiben.

Nun gerade?

Für immer?

Jedenfalls irgendwie, verdammt noch mal.

DER MANN STELLT SICH VOR: Ein sogenanntes erfülltes Leben. Sagt man so und meint ein verrücktes.

Die Frau: Zugleich Mutter, Geliebte, Mentorin.

Der Mann: Zugleich Kind, Liebhaber, Zauberlehrling.

So fing es an, so blieb es lange Zeit.

Derweil drängten Gezeiten der Demenz heran.

Die Frau: Jetzt wie das Kind, behütet, berücksichtigt.

Der Mann: Fürsorger, Verlobter, Beschützer.

Oder Traumtänzer?

Glaubt er wirklich, ein vorbildlicher Mensch zu sein, weil er die Ängste der Frau in Geborgenheit, ihre Ungeduld gelegentlich aufzulösen, Liebe zu geben vermag? Meint er, dafür endlos Kraft zu besitzen?

Oder genug Illusionen?

Er meint es. Und macht sich glauben, nun ein weiteres, wiederum erfülltes Leben zu haben.

Die erfüllten Leben lösten einander ab. Der Übergang vom einen in das andere wurde anlässlich eines 41. Verlobungstages erkennbar. 2010 bahnte sich eine Entwicklung an, die auf einen Rollentausch zwischen dem Mann und der Frau hinauslief.

Als wenn *er* jetzt der ältere wäre.

Anno zweitausendfünfzehn

Hätte der Mann, von hier an *ich* also, hätte ich im September 2010 wissen können, dass mein Leben beendet ist? Heute lässt sich konkretisieren, dass ich seither nicht mehr lebe, sondern gelebt werde. Dabei habe ich die Fähigkeit erworben, gegen Evas Demenz anzuleben. Eigentlich müssten wir heute zum Arzt, endlich haben wir einen Vormittagstermin bekommen. Aber Eva weigert sich plötzlich. Trotzdem bekommen wir keinen Streit. Ich habe gelernt, mich mit Befindlichkeiten, statt mit Tatsachen zu arrangieren, mich in einem Ozean von Fragen treiben und diese Fragen unbeantwortet zu lassen. Unfreiwillig bin ich Zeuge, wie sich Evas Initiative mit Beiläufigkeit verdünnt, wie Leidenschaft zu Unruhe zerfließt. Ich habe mich, bis dahin einer Frau zugetan, einer Eva nicht nur dem Namen nach, auf das Zusammenleben mit einer Krankheit eingelassen. Im Gefolge dieser Krankheit, die nicht mich befallen hat, ist mir mein Dasein fremd geworden. Man könnte sagen: Ich begehe einen Suizid. Begreifliche Fragen: Selbstmord aus Pflichtgefühl? Aus Überforderung, Mitleid, Hilflosigkeit? Aus Trotz? Aus Liebe? Dummheit? Bequemlichkeit?

Die Welt antwortete, indem sie fortschritt.

Eva hielt Gegenwart nicht mehr aus, sie flüchtete von einem Jetzt in das nächste. Am Tisch, noch ist nicht aufgetragen, „Was machen wir nach dem Essen?" Im Rollstuhl: „Wohin hinterher?" Im Bett, statt einzuschlafen: „Und morgen?" Dennoch, meine Motivation reichte zum Festbleiben. Eva und ich, wir blieben Komplizen in einem Abenteuer namens Demenz. Meine Zuständigkeit dabei: Sie sollte nicht nur *gepflegt*, sondern auf die ihr noch gegebene Weise glücklich bleiben. Evas Zuständigkeit: Gelegentliche Momente der Rückkehr in Erinnerungen, Gemeinsamkeiten. In Minuten voller Innigkeit.

Es gibt Pflegeheime. Darunter – wenn man sie nur findet – vorbildliche Einrichtungen. Vielleicht würde Eva sogar die Trennung akzeptieren, indem sie die Erinnerung an mich verliert. Doch: Wie geht es ihr – dieser Gedanke würde mich umtreiben, unaufhörlich. Was machen sie gerade mit ihr? Ist sie alleingelassen, weint sie?

Bin ich Egoist, weil ich so denke?

Mich trägt eine Hoffnung, die vermutlich nur ein hausbackener Wunsch ist. Ich hoffe, dass die Überzeugung nicht zerbricht, meinem und ihrem Leben einen finalen Sinn zu geben, indem wir ihre Pflege durchstehen. Sicher, ohne Eva wird nichts mehr sein wie vordem.

Ich stelle mir vor: Vielleicht fühle ich mich als Verlierer. Oder scheint etwas wie Licht? Ist es, als wenn man Richard Strauss spielt, die Verklärung aus Opus 24?

Täglich vier von vierundzwanzig Stunden sind mir derzeit geblieben, ich zu sein. Morgens von fünf bis neun. Dann sitze ich meistens am Computer, schreibe, korrigiere, träume… Leiste mir, zwischendurch nichts weiter als nachdenklich zu sein, in der Zeitung, in einem Buch zu blättern statt zu lesen. Von Musik umhüllt, häufig Gustav Mahlers *Adagietto* aus der Fünften, Johannes Brahms, oder Samuel Barbers *Adagio for Strings*.

Musik für Träumer.

Gelegentlich denke ich noch an meinen Roman: Den Versuch einer Satire über das Gefühl, inmitten einer Informationsgesellschaft nicht informiert zu sein. Oder anders: Über die Sinnlosigkeit, die Gegenwart verändern zu wollen. Weil Gegenwart nur das Resultat einer unveränderbaren Vergangenheit ist.

Der Text des satirischen Romans besteht bis dato nur fragmentarisch. Ein passender Epilog aber existiert schon. Da ich, wie schon beim Vorwort, unsicher war, ob man heute noch Epiloge schreibt, dachte ich an folgenden Wortlaut:

Anstelle eines Nachworts:
„Unser Wissen ist nichts, wir horchen allein dem Gerüchte."Von wem und aus welcher Zeit könnte dieser Satz überliefert sein? Bezieht sich das Zitat auf das Internet? Auf die Bibel? Stammt es

von einem dieser akademischen Medientheoretiker, von einem angesagten Kabarettisten, von einer gut integrierten Gymnasiastin mit Migrationshintergrund, vom Regierungssprecher?"

Auf den ersten Blick scheint es sich um die Erfahrung eines Zeitgenossen zu handeln. Jedermann behauptet, er sei nicht richtig informiert gewesen. Hochaktuell?

Denkt man.

Dann Misstrauen. Die im Zitat verwendeten Vokabeln „Wissen" und „Gerüchte" – wer spricht heute noch so? Also Zweifel an einer zeitgenössischen Quelle? Mit Recht: Es war nämlich Homer, der die Wörter „Unser Wissen ist nichts, wir horchen allein dem Gerüchte" in den ersten Gesang seiner Ilias notierte. Vor nahezu dreitausend Jahren. So lange schon kann jeder behaupten, er sei nicht richtig informiert gewesen.

Dichtete Homer noch heute, Digitale Moderne, würde er vielleicht einen Gesang formulieren, in dem der Satz so klingt:

„Unsere Erinnerung ist nichts, wir horchen allein dem Nicht-vergessen-können einer vernetzenden Maschine." Das ist dann der Fortschritt.

Denkt man. Soll man denken.

Infolge Evas zunehmender Schlaflosigkeit verschwende ich meine vier Stunden immer häufiger mit Erschöpfung. Nicht körperliche Arbeit erschöpft mich, nicht der mir ungewohnte Haushalt. Spül- und Waschmaschinen reduzieren viele ungeliebte Jobs auf einen Tastendruck. Tiefkühlung ist zwischendurch ein akzeptabler Küchenmeister. Was mich aufreibt, ist endlose Banalität. Die Wiederholung der gleichen belanglosen Frage im Minutentakt. Halluzinationen, Stimmen, ohne dass jemand spricht. Beim Zähneputzen ohne Zusammenhang: „Du wirst sehen, weiß nicht…, werfen sie uns heute aus der Wohnung raus?"

„Aber das ist doch *unsere* Wohnung."

„Wusste ich nicht", sagt sie. Egal, zu was auch immer. Und hat auch noch Recht. Weiß sie es denn?

Gelegentlich, wenn ich über meine Situation nachdenke, fällt mir *Sklave* ein. Die Frau weiß nicht mehr, wo sich ihre Brille, der Gehstock, das Hörgerät, die Handschuhe befinden. Ich springe auf, suche, suche weiter, finde. Die Blumen müssen gegossen werden.

Der Tag beginnt nicht mehr mit einem goldenen Blick und einem „Danke". Stattdessen bemängelt Eva beim Anziehen: „Keine Unterhose da, nichts!". Zum Frühstücksei: „Kein Salz, nichts!" Vor dem Schlafengehen: „Wieder kein Bett, nichts." Als ich darauf hinweise, dass sie bereits im Bett liege: „Wusste ich nicht."

Ich bin schuld, an allem. Diese Gewissheit tut ihr gut. Die Handtasche wird gesucht. „Du hättest aufpassen müssen, jetzt ist sie gestohlen." Ich habe gelernt, mich nicht zu verteidigen, trotzdem holt Eva aus, schlägt aber gar nicht zu. Sie will umarmt werden, sehr zärtlich, denn die Rückenschmerzen nehmen zu. „Du tust mir weh", stöhnt sie dann. Wie vor Lust. Ihre Hand drängelt sich in meine.

Der Schmerzen wegen brachte man sie zur Untersuchung ins Krankenhaus, auf medizinisch: *zur Beobachtung*. Sie verstand nicht, wo sie war und warum. Einzig meine Nähe gab ihr etwas Sicherheit. Abends, beim *Gute Nacht* und *Morgen hole ich dich wieder ab*, kam es zum Drama. Sie lehnte sich auf, unmöglich für Sie zu begreifen, was geschah, weshalb sie hierbleiben musste. Ich riss mich los. Sie versuchte, mir zu folgen, wenige Schritte, blieb in der Tür stehen, halb schon auf dem charakterlosen langen Flur. Ich lief, floh, blickte zurück. Winkte. Nie mehr wird mich die Erinnerung an diese Sekunde verlassen. Sie hob die Arme, ihre Schultern sanken herab, eine Hand winkte zurück. Dann drehte sie ab.

Etwas schien zerbrochen, es war wie ein Verzicht. Entsagung.

Unser Team?

Ich fühlte mich als Verräter.

Manchmal erkennt sie mich nicht mehr. Manchmal nur ungefähr. Dann bin ich nicht *Du*, sondern *Sie*.

Ich wache auf, jemand hat sich im Bett aufgerichtet. Eva. „Sprechen mit Ihnen. Bitte", sagt sie, fast unhörbar.

Und: „Wir könnten … weiß nicht mehr… mit Räder…, draußen… ich, es ist, ich bin verrückt."

Jetzt braucht sie Hilfe (brauche *ich* Hilfe?), sonst steigert sie sich in eine Panik. Meine begreifliche Frage: „Geht es um Ihre Reise? Das Auto? Nachhause?"

Ihr Gesicht entspannt sich, sie ergreift meine Hand. „Auto! Bitte. Würden Sie mich mit Ihrem…?"

„*Unserem* Auto." Der Versuch abzulenken. Nutzlos.

„Jemand war hier. Meine Mutter…, wartet schon. Ich will nur… Koffer, die Sachen." Eva geht zu ihrem Kleiderschrank, bedient sich, wahllos. Nach zähen Gesprächsversuchen, Auseinandersetzungen, ratlosen Pausen, Kuscheln – die Einigung: Sie hat ja nur geträumt.

Die alte Freundin, die mit den Pflegestufen, die mir bei den finanziellen Möglichkeiten von Demenz auf die Sprünge half, hat neue Pläne. Sie meldet sich häufiger, nicht nur am Telefon, sie tritt auch sehr körperlich auf. Sommerkleidchen. Kocht den Vanillepudding, den ich mag, verwöhnt mit Zitronenschaumtorte, öffnet Dosen mit Gänseleber. Oder Linsensuppe. Bei der Linsensuppe bietet sie überraschend an: „Ich wäre bereit, wir harmonierten ja als Schüler ganz passabel, wir könnten gemeinsam für Eva sorgen." Als ich das Angebot bereits in Betracht ziehe, aber noch zögere. „Sie merkt es doch nicht mehr." Und als ich immer noch zögere: „Ich werde es nicht für deine Freundin machen. Ihr ist nicht mehr viel zu helfen. Ich tue es für dich." Dazu ein bübischer Blick. Tut sie es für sich? Da zögere ich nicht länger und verzichte.

Ich werde, ich muss mich nach einer professionellen Hilfe umsehen. Zum Glück gibt es europäische Wirklichkeiten. „Eine echte Polin", verordnet der Arzt.

Eva lächelt nicht mehr. Gelegentlich lachte sie noch. Dann aus Angst, aus Unsicherheit.

Oder weil sie etwas verstanden hat?

Einmal, ich helfe ihr beim Anziehen, muss ihr dabei helfen, seit einiger Zeit sogar intensiv, da sagte ich gedankenlos: „Eigentlich sollte der Mann die Frau *aus*ziehen. Dass ich einmal so tief sinken würde, eine Frau *an*zuziehen…" Nun lacht sie laut.

Wenn ich mich bis dahin motivieren kann, noch lebe, dann werde ich – sofern ich auch das noch kann – mich erinnern und wissen: Das war der Moment, da lachte sie so zum letzten Mal.

Und ich werde mich ihr verbunden fühlen.

Wärme spüren.

Die sich anfühlt wie ewig.

„Es gibt keinen
schnelleren Weg,
pflegebedürftig
zu werden,
als selbst
zu pflegen."

Prof. Dr. Karl Lauterbach,
SPD-Bundestagsabgeordneter
und Gesundheitsexperte
auf dem evangelischen
Kirchentag 2013

Hans Engelkamp:

Memoiren eines Unprominenten
Jagdszenen aus der Informationsgesellschaft

Es beginnt mit einer Talkshow und da endet es auch. Marcus Faber. mittendrin im Medienrummel, ist da seltsam unverschuldet hineingeraten. Ein geistreicher Roman über die Beschaffenheit der Gesellschaft, herrlich unverblümt und voller packender Wahrheiten. – Kennt jemand den Markus F.? Schon als Dreikäsehoch fällt er als Fan von Bruckners 9. Symphonie auf. In der Schule setzt er sich zu den Mädchen. Später wirkt er als „überlassener Arbeitnehmer" bei Pressekonferenzen, Lesungen, Orgien, Tupperpartys und anderen Ausschweifungen. Zwangsläufig folgt der Aufstieg in die ziemlich geheime Abteilung eines Ministeriums. Selbst Unkenntnis bewahrt Marcus F. nicht vor einer steilen Karriere. – Dazu lockeres Herrschaftswissen: Am Exempel weiblicher Oberweiten wird begreiflich, wie "digital" funktioniert. Und dann ist da noch die wundervolle Sarah… Ein zeitgemäßer Schelmenroman? Jedenfalls die abenteuerlichsten Memoiren seit "Felix Krull".

ISBN 978 3 8423 4598 0

BoD Verlag – Paperback, 200 Seiten, € 14,90

Hans Engelkamp:

Die Liebe eines Schaumschlägers
Bericht über eine Beziehung

Tatort Werbeagentur (aus der Sicht des Insiders, des „Schaumschlägers"): Die Büros sind gnadenlos demokratisch, die Möblierung bis ins Detail liebevoll schmucklos, die Computer von Apple. Hier werden „Tränen abgefüllt, an denen sich Konsumenten besaufen" dürfen, werden Geschäfte mit dem Erfolg Dritter gemacht. Kreativität zeigt Flagge, soziale Verantwortung fördert den Verkauf. Dann gerät eine Liebe, eine wundervolle Liebe dazwischen. Und ein Urlaub wider Willen. Mallorca, was sonst. In Santanyi träumen die Fensterläden wie Gemälde an lehmfarbenen Fassaden…
Innigkeit im Chaos. Witzig, nachdenklich, spannend und entspannend wie ein Film von Billy Wilder.

ISBN 978-3-8370-5964-9

BoD Verlag – Paperback, 224 Seiten, € 16,90

Hans Engelkamp:

Der globale Kiez – *Erfahrungen eines Redenschreibers mit der globalisierungsfreien Zone*

Schmunzeln schon beim ersten Satz („Jedenfalls hatte Lummenau weniger als 3000 Einwohner, darunter einen arbeitslosen Politologen"). Satire? Realsatire? Entlang seiner Karriere berichtet Redenschreiber Gregor M. wie eine dörfliche Diskothek, ein Baumhaus für vier, ein Vorwort, das entschleunigte Frühstück mit Lilly, eine Halbschlosskonferenz und die Brüste einer Rike zu Feuersbrunst und gesellschaftlichen Verwerfungen führen können. Die Geschichte spielt in Lummenau, einem Dorf, das unbedeutend und dadurch bevorzugt ist. Hier könnte man – ohne Schaden für die Welt – ausprobieren, was die Politik vergessen möchte: Klimawandel, Atomausstieg, Datenschutz…

„Wollt ihr die Globalisierung zurückdrehen?" lässt Gregor M. fragen.

„Nicht zurückdrehen – überspringen."

Schmunzeln bis zum letzten Satz: Beobachtung auf der Bürgerparty im Schloss Bellevue. „Es gab Currywurst. Und unbescholtene Bürger".

ISBN 9783732293223 – BoD Verlag
Paperback, 200 Seiten, € 12,90, als E-Book € 9,99